April Dawson
LOVE THE BOSS
Ein Chef fürs Leben

Die Autorin

April Dawson ist eine »heiße« Entdeckung aus dem Kreise der Autoren von LYX-Storyboard. Sie lebt mit ihrer Familie in Kematen, Österreich. Sie hat bereits 10 Jahre Schreiberfahrung und verfasst am liebsten romantische Bücher verpackt mit einer Spur Action, ein wenig Drama, einem Schuss Humor und viel Gefühl.

APRIL DAWSON

LOVE THE BOSS

Ein Chef fürs Leben

Vollständige ePub-to-Print-Ausgabe des in der Bastei Lübbe AG erschienenen
eBooks „LOVE THE BOSS - Ein Chef fürs Leben" von April Dawson

LYX.digital in der Bastei Lübbe AG

Copyright © 2016 by Bastei Lübbe AG, Köln

Redaktion: Stephanie Röder
Umschlaggestaltung und Artwork © Birgit Gitschier, Augsburg
unter Verwendung von Motiven von shutterstock/Sfio Cracho
und shutterstock/fuyu liu

Satz: readbox publishing, Dortmund
Druck: Books on Demand GmbH, Norderstedt

ISBN 978-3-7363-0490-1

www.lyx-verlag.de
www.luebbe.de
www.lesejury.de

KAPITEL 1

Emma

Mit einem tiefen Atemzug betrete ich das Bürogebäude von Coleman & Sons, begrüße die Empfangsdame Betty und husche in den rappelvollen Lift. Ich hasse es, wie Vieh eingepfercht zu sein, bis man endlich in die gewünschte Etage kommt. Dazu noch diese elende Fahrstuhlmusik, die natürlich nur Songs aus den achtziger Jahren draufhat. Natürlich könnte ich all dem aus dem Weg gehen und die Treppe nehmen, schließlich wäre das auch viel gesünder, und ich könnte sogar etwas abspecken, aber ich habe schlichtweg keine Lust.

Es sind nur vier Kollegen übrig, als ich endlich in den neunten Stock gelange. Leise gleiten die Fahrstuhltüren auf, und ich betrete meine Büroetage. Laute Rufe dringen an mein Ohr. Überrascht hebe ich die Brauen und sehe mich um. Überall sind die Mitarbeiter auf den Beinen, huschen herum, als hätte man sie aufgescheucht wie junge Hühner. Kaum habe ich meine Nische erreicht, rennt bereits die Sklaventreiberin auf Mörderabsätzen zu mir und schnalzt genervt mit der Zunge. »Da sind Sie ja!« Ihre Stimme ist quietschend hoch wie die von meiner Cousine Lily. Die zwei würden sich bestimmt gut verstehen, erkenne ich doch immer wieder diverse Ähnlichkeiten.

»Ja, hier bin ich«, gebe ich sarkastisch zurück, stelle meine Tasche ab und blicke Jazabell erneut an. »Was kann ich für Sie tun?«

»Wie Sie schon bemerkt haben, ist heute die Hölle los! Wir

5

sind im entscheidenden Rennen um den Rehbock Deal für die neue Damensportkollektion. Deshalb werden Sie sich in den kommenden Wochen ausschließlich auf diesen Kunden konzentrieren. Alles andere legen wir auf Eis.«

»Das klingt toll, ich mache mich gleich an die Arbeit.«

Sie nickt mir zufrieden zu und verschwindet in ihrem Einzelbüro. Bevor ich mich jedoch in die Arbeit stürze, muss ich Liam sprechen. Nach der Hochzeit spürte ich schon, dass mein Herz sich wieder einmal nicht zwischen den Brüdern entscheiden konnte. Spätestens nach dem innigen Kuss von Liam, war es für mich unmöglich, noch einen klaren Gedanken zu fassen. Es ist nur wenige Stunden her, dass er mir seine Liebe gestanden hat, und mein Herz ist noch immer hin- und hergerissen. Manch eine Frau würde sich freuen, wenn zwei derart attraktive Männer um sie werben. Ich dagegen bin mir nicht sicher, ob ich mich glücklich schätzen oder lieber in Tränen ausbrechen soll. Ich schlängle mich durch die Mitarbeiter, die hektisch an mir vorbeihuschen, und spähe in das Büro von Liam und Sean.

»Liam?«, frage ich leise, in der Hoffnung, ihn alleine anzutreffen.

»Miss Reed?«, höre ich eine weibliche Stimme hinter mir, zucke erschrocken zusammen und drehe mich um. Myra, die neue Sekretärin der Coleman-Brüder, die heute im Büro angefangen hat, sieht mich skeptisch an. Bestimmt, weil ich den Boss beim Vornamen genannt habe. *Mist, wie soll ich das erklären?*

Ich räuspere mich und spiele meine Nervosität herunter. »Ist Liam Coleman noch nicht da?«, frage ich, verlagere dabei mein Gewicht von einem Fuß auf den anderen.

»Nein. Sean, Liam und Charlie Coleman sind in einem Meeting und kommen erst zur Mittagszeit ins Haus. Soll ich etwas ausrichten?«

Ich schüttle heftig den Kopf. Wohl etwas zu heftig, denn sie runzelt die Stirn. »Ähm, nein, danke. Ich komme einfach am Nachmittag wieder«, antworte ich schnell und fliehe, bevor sie mich noch mit Fragen löchern kann.

Die Zeit vergeht wie im Flug, während ich vertieft in meine Arbeit bin. Gerade als ich mir Notizen zu einem Damenturnschuh mache, höre ich ein Räuspern hinter mir. Als ich mich umdrehe, steht mein bester Freund Aiden vor mir. Er trägt den Besucherausweis um den Hals, und in der Hand eine Schachtel Donuts.

»Aiden, was machst du denn hier?« Ich begrüße ihn mit einer festen Umarmung, denn er ist genau das, was ich im Moment brauche. Lächelnd erhasche ich den interessierten Blick von einer Arbeitskollegin, die Aiden von Kopf bis Fuß mustert. Sie verschlingt ihn mit den Augen und nickt mir anerkennend zu.

Grinsend winke ich ihr kurz zu und wende mich wieder meinem besten Freund zu. Hayley hat schon recht, Aiden ist ein Blickfang. Sein Körper ist wie immer in Topform. Er trägt ein dunkelblaues Hemd, dazu eine schwarze Jeans. Die kurzen, schwarzen Haare passen perfekt zu dem schönen, markanten Gesicht. Die hohen Wangenknochen geben ihm das gewisse Etwas, das ihn noch attraktiver wirken lässt. Oft habe ich mir gedacht, wenn er nicht auf Männer stünde, wäre er eine Sünde wert.

»Principessa. Du siehst schlimm aus. Sogar dein teures Make-up kann diese Augenringe nicht kaschieren«, meckert er, und am liebsten würde ich ihn dahin treten, wo es wehtut. Richtig wehtut. Da wünscht man sich, dass der beste Freund einen tröstet und aufbaut, doch er ist wie immer sarkastisch und total ehrlich.

»Na danke. Das sind die Worte, die eine Frau nach einer schlaflosen Nacht hören will«, zische ich beleidigt zurück.

Er hebt abwehrend eine Hand und deutet dann auf die

7

Schachtel. »Ruhig Blut, Süße. Ich dachte mir schon, dass du gereizt bist. Immerhin hast du mir gestern Nacht den Schlaf geraubt, als du mich heulend angerufen hast. Deshalb habe ich Schokodonuts mitgebracht. Frieden?« Sein neckisches Grinsen ist derart unwiderstehlich, dass ich nicht anders kann, als auch zu lächeln und ihm die Schachtel aus der Hand zu reißen. Schokolade ist eben die beste Medizin gegen ähm … einfach gegen alles. In der Cafeteria verschlingen Aiden und ich die Donuts und unterhalten uns.

»Hm, Aiden, die sind ja der Wahnsinn. Du weißt schon, dass ich jetzt fünfzig Kilometer joggen muss, um diese Kalorien wieder runterzukriegen?«, frage ich halbherzig. *Ich und Joggen?* Mit meiner Jogginghose bin ich ungefähr so oft gejoggt, wie ich mit der Küchenrolle durch die Küche gerollt bin.

»Pff … du und joggen. Das wäre ja mal ne Weltpremiere«, meint er scherzend und beißt erneut in den Donut. Ich lächle in mich hinein, wie gut er mich doch kennt.

Als ich den Blick hebe, gehen die Türen zur Cafeteria auf und die Coleman Männer betreten den Raum. Ich schlucke nervös. Sean und Liam tragen fast identische graue Anzüge, nur dass Liams eine Spur dunkler wirkt. Die beiden könnten jedoch vom Typ nicht unterschiedlicher sein. Beide sehen einfach unverschämt gut aus. *Wer kann sich denn da bitte entscheiden?*

»Ähm, steht der Weihnachtsmann hinter mir oder warum funkeln deine Augen?«, will Aiden dann schließlich wissen.

»Die Colemans haben soeben die Cafeteria betreten.«

»Ach? Die Bosse speisen mit den Untergebenen?«

Ich nicke belustigt. »Ja, Charles Coleman legt viel Wert auf familiäres Arbeitsklima.«

Liam lässt den Blick schweifen, sieht sich um, bis sich unsere Augen treffen. Mein Herz klopft mir bis zum Hals, als er die Mundwinkel nach oben zieht. Das Grinsen wird breiter, als er meine Verlegenheit bemerkt. Er bräuchte einen Waffenschein für sein gutes Aussehen. Dieser Blick ist intensiv, bringt mich dazu rot anzulaufen und mich verlegen abzuwenden. Liam schafft es diese Gefühle in mir hervorzuholen und das noch aus dieser Entfernung. *Seit wann hat Liam diese Wirkung auf mich?* Seit unserem Kuss ist alles viel intensiver und wirft mich komplett aus der Bahn.

»Emma, alles okay?«

»Ja … ähm, nein. Liam sieht hierher, aber dreh dich ja nicht um!« Kaum habe ich die Worte ausgesprochen, tut er genau das Gegenteil und riskiert einen Blick auf die Männer, die mir den Verstand rauben. Ich höre Aiden Luft holen. Langsam dreht er sich wieder zu mir. »*Das* ist Liam? Dieser blonde, durchtrainierte Halbgott?« Seufzend nicke ich. »Und er hat dir gestern eine Liebeserklärung gemacht und dich sogar geküsst?«

Ich nicke erneut.

»Daneben steht sein heißer Bruder, der dir den besten Sex deines Lebens beschert und nichts von dem Liebesgeständnis weiß.« Jedes seiner Worte macht mir meine Zwickmühle nur deutlicher.

»Herrgott ja!«

»Mann, Principessa. Du bist ja so was von am Arsch«, stellt er verzweifelt fest und mir bleibt nichts anderes übrig, als resignierend zuzustimmen.

»Danke für die Donuts.«

Aiden umarmt mich, drückt mich fest an seine Brust, denn er weiß, dass ich wegen der Gefühle für meine Bosse kurz vor dem Zusammenbruch stehe. »Sehr gern. Du klangst niedergeschlagen am Telefon, deshalb wollte ich einfach sichergehen, dass es dir wirklich gut geht.«

»Aiden!«, höre ich Seans raue Stimme hinter mir. Als ich mich umdrehe, stehen die Bosse in aller Herrlichkeit vor uns. *Na toll.*

Ich begrüße sie formell. Es laufen schließlich überall Mitarbeiter herum, die nichts von meiner Beziehung zu Sean erfahren dürfen.

»Hallo Sean. Wie geht's dir?«, fragt Aiden, während sie sich die Hand geben.

»Danke, gut, hatten ein wichtiges Meeting. Es steht ein großer Deal an. Das sind mein Vater und mein Bruder Liam.« Aiden schüttelt auch ihnen die Hände, bis Sean wieder das Wort an meinen besten Freund richtet. »Du gehst schon wieder?«

»Ja, ich wollte nur mit Emma zu Mittag essen und muss gleich wieder ins Krankenhaus.«

»Schön, dann lass dich nicht aufhalten.« Nickend und leicht verblüfft reicht er Aiden nochmals die Hand. Sean schenkt mir einen kalten Blick, ehe er mit seiner Familie aus meinem Sichtfeld verschwindet. Mit gerunzelter Stirn, wendet sich mein bester Freund mir zu.

»Ähm. Was zum Teufel war das denn?«

»Ich habe keine Ahnung«, antworte ich schulterzuckend.

»Seid ihr denn noch zusammen?«

»Na klar.«

»Tja, vielleicht sollte er das auch wissen.«

Wieder im Büro arbeite ich an meinem Projekt weiter. Später erklärt mir Jazabell, welche Veränderungen im Design anstehen. Während ich mir Notizen mache, erspähe ich Sean, der mich zu beobachten scheint. Mein Herzschlag setzt einen Moment aus und erst jetzt merke ich, wie sehr ich ihn eigentlich vermisst habe. Seit drei Tagen habe ich ihn nicht gesehen und es fühlt sich an wie eine Ewigkeit. Er lehnt lässig am Türrahmen, hat die Arme vor der Brust verschränkt, mustert mich kühl. Sein Kiefer ist angespannt und die Lippen zu einer schmalen Linie gepresst. Krampfhaft versuche ich, mich auf das zu konzentrieren, was meine Vorgesetzte von sich gibt, doch ich kann einfach nicht anders, als ihn anzusehen. Sehnsüchtig erwarte ich ein Lächeln, doch sein düsterer Blick bleibt auch unverändert, als er auf mich zugeht. Schließlich bemerkt Jazabell Sean, grüßt ihn flüchtig und verschwindet. Es hat den Anschein, als würde sie regelrecht vor ihm fliehen. Komisch.

»Guten Tag, Miss Reed«, begrüßt er mich kühl. Überrascht lege ich die Stirn in Falten. *Wieso ist er distanziert?* Vorhin als ich mich von Aiden verabschiedet habe, hat er mich nicht mal begrüßt.

»Hey Sean … Ist alles in Ordnung?«

Er nimmt einen tiefen Atemzug und sieht mich eindringlich an. »Sag du es mir!«

»Ich? Was meinst du?« Völlig überrumpelt überlege ich, auf was er anspielen könnte? *Oh nein! Hat er etwa von Liams Geständnis erfahren? Woher weiß er davon?* Panik überkommt mich.

Ein dicker Kloß steckt in meinem Hals, den ich unruhig herunterzuschlucken versuche. Nachdem Sean sich kurz umgesehen hat, packt er mich am Arm und zieht mich in einen der Besprechungsräume. Hinter uns schließt er die Tür und ich glaube, ein Klicken zu hören, als hätte er abgeschlossen. *Was hat er jetzt vor?*

Er dreht sich so abrupt um, dass ich erschrocken nach Luft schnappe. »Was ich meine?«, sagt er aufgebracht und ich kann Wut in seinen eisblauen Augen aufblitzen sehen. »Du warst das ganze Wochenende in Austin und ich in Savannah und da konntest du dich nicht einmal bei mir melden?« Mit jedem Wort scheint er wütender zu werden.

»Mein Handy war aus. Ich bin nicht dazu gekommen, es aufzuladen«, verteidige ich mich halbherzig. Denn er hat recht. Wir sind zusammen, da ist es doch logisch, dass man sich bei seinem

Partner meldet. Wenn nicht mit meinem eigenen Handy, hätte Dad mir sicher seins geliehen. Aber ich hatte nur Liam im Kopf, habe mich ablenken lassen. Toll gemacht, Emma!

»Du warst drei Tage dort, hast auf keinen meiner Anrufe reagiert. In diesen sechsunddreißig Stunden hast du nicht einmal an mich gedacht?« Sean wirkt zutiefst gekränkt und mein Herz wird schwer. Ich wollte ihn nie verletzen, das hat er nicht verdient.

Aber welcher Anruf? Verdammt, ich muss endlich mein Handy einschalten. »Du hast recht. Es tut mir unendlich leid. Es war einfach ein sehr anstrengendes Wochenende, ich habe es total vergessen.«

Schnaubend dreht er mir den Rücken zu und rauft sich die Haare. Ich weiß nicht, was ich ihm noch sagen soll, knete nervös meine Hände und warte auf eine Reaktion von ihm. Die Angst, er könne sich von mir trennen, trifft mich wie ein Donnerschlag. Ihn endlich wiederzusehen, sein Aftershave zu riechen und seine Stimme zu hören, führt mir wieder vor Augen, wieso ich mich damals für ihn entschieden habe. Er hat um mich gekämpft, immer schon, wollte mit mir zusammen sein. Während Liam vor zwei Monaten nicht gesagt hat, dass er auch nur den Hauch von Liebe für mich empfindet. *Er kommt zu spät.*

Entschlossen gehe ich auf Sean zu, bleibe hinter ihm stehen. »Sean, es tut mir wirklich leid. Ich wollte mit dir auf die Hochzeit gehen, dich meiner verrückten Familie vorstellen. Verzeih mir bitte.« Ich hole tief Luft, verdränge aufkommende Tränen. Die Angst, er könne mich jeden Moment verlassen, ist übermächtig. Meine Stimme schmilzt, ist nur noch ein Hauchen. »Ich habe nur versucht, das Wochenende irgendwie hinter mich zu bringen, ohne darüber nachzudenken, wie es dir dabei in Savannah ging. Es kommt nicht wieder vor. Ich will dich nicht verlieren, bitte.«

Mit klopfendem Herz hebe ich die Hand, will ihm über den Rücken streicheln, um ihn zu besänftigen, doch als er sich plötzlich umdreht, lasse ich sie abrupt sinken. Ohne ein Wort zu sagen, packt er mich bei den Schultern und presst seine heißen Lippen auf meine. Er küsst mich mit einer Leidenschaft, die mir den Atem raubt. Augenblicklich schlinge ich die Arme um seinen Hals und erwidere seine Küsse. Meine Berührungen sind heiß, drängend und hungrig. Als er mich fest an sich drückt, entlockt er mir ein Stöhnen. Meine Hände kraulen seinen Nacken, pressen ihn fest an mich. Mit einem Mal packt Sean mich, hebt meine Beine an. Ich schlinge meine Schenkel um seine Hüften, während er mich auf diese Weise zum Tisch trägt.

Mit einer Handbewegung fegt er die Notizblöcke und Kugelschreiber fort, legt mich darauf, eilig stellt er sich zwischen meine Beine und beugt sich über mich. »Hm, so viele Möglichkeiten«, raunt er in mein Ohr, und ich ahne, was er vorhat. Mein Körper bebt unter seinen Berührungen und Küssen. Genüsslich schließe ich die Augen, lege den Kopf in den Nacken, während ich seinen Worten lausche. »Oh Baby. Ich habe es vermisst, dich zu spüren. Ich werde dir den Verstand …«

Ein plötzliches Klopfen lässt uns erschrocken innehalten. Eilig stehe ich vom Tisch auf, entferne mich von Sean, richte mir die Haare, die er zerzaust haben könnte, während er mich vielsagend angrinst, bevor er die Tür entriegelt. Liam betritt den Raum und wirkt überrascht, uns zusammen zu sehen. Sein Blick wechselt von Sean zu mir und an unserer immer noch aufgeregten Atmung scheint er abzulesen, was wir hier gemacht haben. Mein Herz bleibt stehen, als seine türkisen Augen auf mir ruhen. Die Enttäuschung in seinem Blick, lässt mein Herz fast zerspringen. Zu meiner Verwunderung jedoch verzieht Sean den Mund zu einem schiefen Lächeln, das beinahe triumphierend wirkt. *Was ist hier los?* Die Spannung, die sich hier gerade aufbaut, ist fast greifbar.

Ich räuspere mich verlegen, kann es nicht länger ertragen. »Ähm … Sean, danke für das Gespräch. Wir sehen uns später.« Mit gesenktem Blick entfliehe ich dieser peinlichen Situation, begebe mich in meine Büronische. Im Stillen hoffe ich, Liam heute nicht mehr über den Weg zu laufen.

Mit den Stunden, die vergehen, merke ich, dass der Job Balsam für die Seele ist. Es ist genau die Ablenkung, die ich in meinem hektischen Leben brauche. Während ich ein Layout betrachte, spüre ich plötzlich einen Blick im Rücken. Ich drehe mich um und entdecke Liam, der mich mit unergründlichem Blick mustert. *Was soll das? Wieso sagt er denn nichts?* Gerade als ich ihn auf sein Starren ansprechen will, dreht er sich um und verschwindet wieder aus meinem Sichtfeld. *Verdammt, was war das?*

»Emma, kommst du mal kurz?«, ruft mich eine Kollegin und lässt mir keine Chance, über Liam nachzudenken.

Kurz vor Feierabend erhalte ich eine SMS von Sean, dass er bei sich zu Hause auf mich wartet. Ich schreibe ihm mit einem freudigen Lächeln im Gesicht, dass es noch eine halbe Stunde länger dauern wird und ich bald nachkomme. Nachdem ich den PC ausgeschaltet und meine Tasche geschnappt habe, erscheint wie aus dem Nichts die neue Mitarbeiterin Myra hinter mir und erschreckt mich fast zu Tode.

»Oh Entschuldigung! Mister Coleman möchte Sie nur kurz sprechen, bevor Sie gehen. Er ist in seinem Büro. Schönen Feierabend«, sagt sie mit britischem Akzent und verlässt meinen Arbeitsbereich.

Wie bitte? Was will er denn um diese Uhrzeit noch von mir? Nachdem Liam Sean und mich heute früh im Besprechungsraum überrascht hat, kann er sich ja denken, was wir gemacht haben. Ihm sollte wohl klar sein, dass ich noch immer mit seinem Bruder zusammen bin und es auch bleibe. Ich werde es ihm jetzt klipp und klar sagen.

Mit jedem Schritt, den ich mich ihrem gemeinsamen Büro nähere, werde ich jedoch nervöser. Meine Hände sind schweißnass, und der Puls rast geradezu. Dieses Wochenende hat mir vor Augen geführt, dass es so nicht weitergehen kann. Mein Herz gehört Sean und Punkt. Ich habe mich damals entschieden und daran hätte sich nie etwas ändern dürfen. Meine Empfindungen für Liam sind zwar noch immer stark, doch ich werde meine Beziehung zu Sean nicht einfach aufgeben. Ich bin nicht mehr die schüchterne Emma von früher. Ich bin Emma Reed, zukünftig erfolgreiche Marketingmanagerin und die Frau an Sean Colemans Seite. Der Gedanke beflügelt mich, macht mich unachtsam.

Ich gehe noch mal durch, wie ich Liam am schonendsten beibringen kann, dass ich mich zwar von seiner Liebeserklärung geschmeichelt fühle, zwischen uns aber nicht mehr als Freundschaft entstehen wird. Dabei bin ich derart versunken, dass ich die Glastür des Büros übersehe.

Ganz typisch für mich, knalle ich mit der Stirn hart gegen die Tür und ein stechender Schmerz erfüllt meinen Kopf. Ein heftiges Wummern lässt den Schädel erbeben, dass mir augenblicklich schwindlig wird und ich zu taumeln beginne. Plötzlich wird mir schwarz vor Augen und die Pein zwingt mich vor dem Büro in die Knie, in dem Liam mich immer noch erwartet.

KAPITEL 2

Liam

Während des morgendlichen Meetings über die Einzelheiten der Rehbock Kampagne, kann ich mich nicht wie sonst in die Diskussion einbringen und kann dem Gesprächsverlauf nicht folgen. Ständig muss ich an Emma und meine Kriegserklärung an Sean denken. *Was habe ich da nur angerichtet?* Mein Bruder und ich hatten immer ein gutes Verhältnis zueinander und jetzt steht auf einmal alles auf der Kippe. Natürlich hatten wir auch früher schon unsere Streitigkeiten, doch das war meist nach einer Diskussion wieder vergessen. Jetzt jedoch steht etwas anderes zwischen uns als Autos oder jugendlicher Übermut. Eine Person, die anders als Dinge nicht einfach ersetzt werden kann. Emma.

Ich denke an das Wochenende, an dem sie sich während unseres Tanzes an meine Brust geschmiegt hatte. Wie sehr ihre Augen funkelten, als ich endlich mit ihr über meine Gefühle für sie sprach, und ihre sinnlichen Lippen, die ich nur kurz bedecken durfte. Emma ist intelligent, herrlich sarkastisch und witzig. Sie verzaubert alle, ist sich dessen allerdings nicht einmal bewusst. Ich glaube, wenn sie sich jemals durch meine Augen sehen würde, wüsste sie, wie schön sie ist.

Lächelnd fahre ich mir mit den Fingern über die Lippen. Wie gerne würde ich die Zeit zurückdrehen, zu jenem Moment, als wir uns zum ersten Mal beinahe geküsst hätten. Heute hätte ich alles anders gemacht, sie geküsst und ihre Cousine einfach ignoriert, hätte ihr gesagt, wie sehr ich sie will und mit ihr eine Beziehung führen möchte. Dann wäre sie jetzt die Meine und nicht die Freundin meines Bruders. Wie immer kam mir Sean zuvor, aber diesmal werde ich nicht klein beigeben. Nein, nicht bei Emma.

Ich vernehme ein Räuspern und blicke auf. Seans eisblaue Augen fixieren mich, fordern mich heraus. Frech grinsend stützt er sein Kinn auf Daumen und Zeigefinger ab, wartet auf eine Reaktion von mir.

»Nun Liam, was sagst du dazu?«, fragt mich Vater gereizt. Offensichtlich hat er mich nicht das erste Mal angesprochen. *Mist, ich habe nicht aufgepasst!* Das sieht mir gar nicht ähnlich. Normalerweise bin ich immer voll da und folge dem Meeting.

»Verzeihung, Sir. Ich war kurz mit den Gedanken in einem anderen Projekt«, entschuldige ich mich und ernte Vaters zornigen Blick.

»Die Fernsehwerbung. Du wirst sie umsetzen und hast acht Wochen Zeit, einen Entwurf zu produzieren. Im September haben wir das abschließende Gespräch mit Rehbock und stellen es dem Vorstand vor.« Ich werde das erste Mal für eine TV-Werbung zuständig sein – das liebe ich an meinem Job. Er ist rundum mit Herausforderungen gespickt. Ich nicke und bestätige damit den Auftrag. Wäre doch gelacht, wenn ich nicht einen erfolgreichen Fernsehspot kreieren könnte.

Nach dem Meeting verspüre ich einen Bärenhunger und folge meiner Familie in die Cafeteria. Als wir uns an unseren Stammtisch setzen und Sean und Dad sich unterhalten, lasse ich den Blick schweifen und entdecke sie. Sie sitzt zwei Tische entfernt und begegnet meinem Blick. Mein Herz beginnt augenblicklich schneller zu schlagen, als sie mich verlegen ansieht und sich kurz abwendet. Ich scheine sie nervös zu machen, was mir ein

17

Grinsen entlockt. Sie empfindet etwas für mich, das ist mehr als deutlich. Diese Gefühle muss ich verstärken und sie für mich gewinnen.

Nach dem Mittagessen, das eher still verlaufen ist, machen wir uns auf den Weg ins Büro. Neben dem Aufzug sehe ich Emma mit demselben jungen Mann auf dem Flur, mit dem sie schon in der Cafeteria zusammengesessen hat. Als Sean ihn begrüßt, höre ich heraus, dass er ihr bester Freund Aiden ist. Mir entgeht jedoch nicht, dass er seine Freundin nicht mal begrüßt und nur einen kalten Blick für sie übrighat. *Was ist denn mit ihm los?*

Während Vater zu seinem Arbeitsplatz schreitet, folge ich Sean in unser Büro. Kaum schließe ich die Tür hinter mir, dreht er sich energisch um. »Liam, Alter, was soll diese Scheiße?«, knurrt er wütend.

»Was meinst du bitte?« Es gibt da mehr als nur eine Möglichkeit, wieso er sauer auf mich sein könnte.

Schnaufend ballt er die Hände zu Fäusten. »Glaubst du, ich sehe nicht, wie du *meiner* Freundin schöne Augen machst?«

»Nun, ich begegne ihr mit mehr Freundlichkeit und Respekt als du. Du hast sie vorhin nicht mal begrüßt, Sean! Sie hat Besseres verdient als das!« Meine Stimme ist lauter als beabsichtigt.

»Meine Beziehung zu Emma geht dich nichts an! Halt dich da raus!«

»Ich habe es dir heute Morgen gesagt und ich sage es dir gerne noch mal. Ich werde um Emma kämpfen. An unserer Arbeitsbeziehung wird sich nichts ändern, Bruder, doch wenn es ums Private geht, kann und werde ich mich nicht zurückhalten. Dazu ist sie mir viel zu wichtig.«

Sean mahlt mit dem Kiefer, stellt sich dicht vor mich, sodass sich unsere Nasenspitzen fast berühren. »Du bist verrückt, zu glauben, du hättest eine Chance bei Emma. Sie gehört mir!«, zischt er zwischen zusammengebissenen Zähnen hervor.

»Emma gehört niemandem. Sie wird sich bald entscheiden, aber wenn du weiterhin so besitzergreifend und kalt ihr gegenüber bist, wird sie sich nach jemandem sehnen, der sie versteht und achtet. Und das werde dann wohl ich sein.«

Er sieht mich perplex an. Sein Körper bebt vor Zorn, doch irgendwie schafft er es, ihn hinunterzuschlucken. Kopfschüttelnd lässt er mich stehen und setzt sich auf seinen schwarzen, lederbezogenen Bürostuhl.

Eine Stunde später habe ich eine wichtige Videokonferenz beendet und brauche frische Luft. Ich reiße die Fenster auf, fühle mich jedoch unruhig. Sean ist auch schon seit einer Weile nicht mehr hier, hat aber meines Wissens nach keinen Termin eingetragen. Ich verlasse das Büro und beschließe, mir eine kalte Cola aus der Kaffeeküche zu holen, weil der kleine Kühlschrank bei uns bereits geleert ist. Dort ist jedoch außer Leitungswasser nichts zu finden.

Verdammt noch mal. Vor lauter Stress werden die Praktikantinnen vergessen haben, die Getränke aufzufüllen. Eiligen Schrittes und mit trockener Kehle gehe ich zum größten Besprechungsraum, in der Hoffnung auf ein kühles Getränk. Zu meinem Leidwesen ist die Tür verschlossen. *Wer zum Teufel verschließt die Meetingräume zu dieser Tageszeit?*

Ich klopfe an die Tür, doch nichts passiert. Gerade, als ich mich umdrehen und gehen will, höre ich, wie ein Schlüssel umgedreht wird. Nachdem die Tür geöffnet wird, trete ich ein und finde zu meiner Überraschung Sean und Emma vor. Während Sean mich herausfordernd angrinst, sieht Emma mich nervös an. Was zur Hölle ist hier los? Haben die etwa rumgemacht? Im Büro? Als Emma verlegen und schwer atmend den Kopf senkt, sehe ich meine Befürchtungen bestätigt. Innerlich koche ich vor Eifersucht, was noch verstärkt wird, als Emma aufblickt und mich mit solch traurigen Augen ansieht, dass ich glaube, vor Verzweiflung schreien zu müssen. Sie murmelt etwas, senkt den Blick und verschwindet aus dem Zimmer.

»Na, Brüderchen, hat dir die Show gefallen?«, neckt mich Sean und fährt sich mit beiden Händen durchs Haar.

»Nein, das sicher nicht. Gut kannst du aber nicht gewesen sein, wenn Emma flüchtet.«

»Als ich sie vorhin beinahe auf dem Tisch vernascht hätte, hat sie wohlig gestöhnt. Also glaube ich eher, dass sie vor dir davongerannt ist.« Außer mir vor Wut presse ich die Lippen aufeinander, versuche mich zu beruhigen. *Das kann nicht der Grund gewesen sein.* Sean geht lachend an mir vorbei. »Ach, und Liam? Du kannst aufhören, es zu versuchen. Sie liebt mich – nur mich!«

Schwer atmend lege ich Daumen und Zeigefinger an meinen Nasenrücken, versuche, mich zu beruhigen. *Wie kann er nur solch ein Arschloch sein?* Natürlich wusste ich, dass er Emma nicht kampflos aufgeben würde, jedoch greift er zu unfairen Mitteln. Die neue Sekretärin leistet gute Arbeit. Sie ist sehr wissbegierig und zuverlässig. »Myra, bevor Sie gehen, bitten Sie doch Emma Reed in mein Büro«, sage ich ihr durch die Gegensprechanlage.

»Natürlich, Sir. Schönen Feierabend.« Ich nehme einen tiefen Atemzug, lege den Kopf in den Nacken und atme langsam aus. Ich zolle dem stressigen Arbeitstag seinen Tribut, fühle mich ausgelaugt und kraftlos. Ich muss Emma sehen, nur ganz kurz, sie ist wie ein Sonnenschein, der meinen grauen Tag doch noch aufhellen kann.

Ein kalter Schauer fährt mir über den Rücken, als ich daran denke, dass sie heute Nachmittag fast mit Sean im Besprechungsraum geschlafen hätte. Ihm ist absolut nichts heilig. Auf diese Art würde ich Emma niemals behandeln. Sie sollte auf Rosen und Seide gebettet werden und nicht auf einen kalten, harten Mahagonitisch. Ich würde sie wie eine Königin behandeln, keinen Zweifel an meinen Gefühlen aufkommen lassen. Nicht zu wissen, ob ich sie noch für mich gewinnen kann, macht mich wahnsinnig.

Plötzlich werden meine Gedanken durch ein heftiges Scheppern unterbrochen. Gefolgt von einem dumpfen Aufschlag. Die Tür erzittert, als wäre jemand dagegengelaufen.

Alarmiert springe ich auf, eile zur Tür und öffne sie. Davor kniet Emma am Boden, ihre Hand ruht auf ihrer Stirn und sie stöhnt schmerzlich auf. *Mist verdammter*. Diese Frau besitzt anscheinend ein Radar für Unfälle und Fettnäpfchen. Ihren Namen rufend, knie ich mich neben sie, doch sie scheint weggetreten zu sein. Ohne zu überlegen, lehne ich ihren Oberkörper an meine Brust, greife unter ihre nackten Beine und hebe sie an. Behutsam trage ich sie ins Büro, wo ich sie auf die schwarze Ledercouch lege.

Emma wimmert. Sie muss sich ganz schön den Kopf gestoßen haben. Zärtlich streiche ich ihre welligen Haare aus dem Gesicht, verharre kurz auf ihrer Wange. Wie weich sie sich doch anfühlt.

Plötzlich wird die Tür aufgerissen und ich erhebe mich rasch. Unser Sicherheitsmann für die Nachtschicht stürmt herein und sieht sich im Raum um. »Sir, ich habe meinen stündlichen Rundgang durch die Etagen gemacht und einen lauten Rums gehört. Ist alles in Ordnung?«, fragt er nervös. Jerry steht kurz vor der Rente, arbeitet schon seit über fünfzig Jahren bei *Colemans*, wie es früher hieß, bevor Sean und ich in die Marketingbranche eingestiegen sind. Der üppige Bierbauch bewegt sich aufgrund seiner schnellen Atmung auf und ab. Hastig fährt er sich mit der Hand durch das schneeweiße Haar.

»Jerry, es ist alles in Ordnung. Miss Reed hier hat sich den Kopf gestoßen, also kein Grund zur Sorge«, versuche ich, ihn zu beruhigen.

Bedacht geht er ein paar Schritte auf mich zu. »Oh, die arme Emma. Sie ist immer freundlich. Ich hoffe, sie hat sich nicht schlimm verletzt. Soll ich einen Krankenwagen rufen, Sir?«

»Nein, danke dir, Jerry. Sie scheint nur kurz weggetreten zu sein, falls die Schmerzen aber schlimmer werden, fahre ich sie selbst ins Krankenhaus.«

»Wie Sie wünschen, Sir. Schönen Feierabend«, sagt er, nickt mir noch einmal zu und verlässt das Zimmer.

Mein Blick gleitet wieder auf die Frau, die mein Herz gestohlen hat. Ich gehe in die Hocke, nehme ihre Hand und sage ihren Namen. Sie kneift die Augen zusammen. »Emma«, flüstere ich und streiche ihr über die Wange. Ihre Lider flattern, bis sie sie zaghaft öffnet.

»Mein Kopf.« Sie versucht, sich aufzurichten, fasst sich jedoch mit einem Zischlaut an den Kopf und wird durch die Schmerzen gezwungen, sich wieder hinzulegen.

»Bleib liegen. Du hast dir den Kopf gestoßen, du solltest dich eine Weile ausruhen, deine Kräfte schonen.«

Sie stöhnt, schließt gequält die Augen. Ihre Atmung ist nach einigen Minuten wieder normal, sie scheint sich beruhigt zu haben. Meine Augen ruhen die ganze Zeit über auf ihrem Gesicht. Ihre elfenhafte Haut, die rosigen Wangen und kirschroten Lippen, alles an Emma ist wunderschön und natürlich. Sie neigt den Kopf in meine Richtung und öffnet abermals die Augen. Sie sieht mich einfach nur an, ohne dass ein Wort über ihre Lippen kommt. Emma muss auch nichts sagen. In ihren Augen sehe ich die Gefühle, die sie für mich hat. Dies ist ein sehr intimer Moment, der die Zeit stillstehen lässt.

Mir droht das Herz aus der Brust zu springen, denn das Verlangen, sie an mich zu ziehen, ist unermesslich.

»Liam?«, fragt sie unsicher.

»Ja?«

»Wieso wolltest du mich sprechen?« Eine zarte Röte steigt ihr ins Gesicht.

»Weil ich mit dir über uns sprechen möchte.«

Emma atmet tief ein und aus, sieht mich noch immer mit einem durchdringenden Blick an. »Aber es gibt kein uns, Liam«, haucht sie und nimmt mir den Wind aus den Segeln. Die Art, wie sie es gesagt hat, lässt mich jedoch Hoffnung schöpfen. Es wirkt unsicher. *Sie* wirkt unsicher.

Entschlossen neige ich den Kopf, bin ihr ganz nah. »Wirklich, Emma?«, frage ich, komme ihrem Gesicht immer näher und näher.

Erschrocken hält sie die Luft an, weicht aber nicht zurück. Dann nickt sie zaghaft. »Hm. Willst du sagen, dass es dich nicht nervös macht, wenn ich das hier mache?« Langsam hebe ich die Hand, streichle ihre Wange und wandere bedacht hinüber zu ihren vollen Lippen. Sie neigt den Kopf leicht zu beiden Seiten, will wohl ein Kopfschütteln andeuten, aber es gelingt ihr nicht richtig, was mir ein Lächeln entlockt.

In mir beginnt ein Feuer zu lodern, das sich auf meinen ganzen Körper ausbreitet. Emma zu berühren und sei es auch nur für einen kurzen Moment, lässt mich vor Sehnsucht fast verrückt werden. Meine Fingerkuppen gleiten tiefer zu ihrem Hals, den ich sanft streichle. Auf die Lippe beißend holt sie tief Luft und schließt die Augen.

»Liam nicht«, flüstert sie, als wäre sie nicht von ihren eigenen Worten überzeugt.

»Warum?« Doch sie antwortet mir nicht, scheint es zu genießen, wie meine Hand ihren Nacken berührt. »Sieh mich an«, fordere ich. Zögerlich öffnet sie die Lider, sieht mir tief in die Augen. Ihre hingegen sind verschleiert. »Warum soll ich aufhören?«

»Weil ich mit deinem Bruder zusammen bin.«

Traurig lasse ich die Hand sinken, neige meinen Kopf und halte ihrem Blick stand. »Liebst du ihn? «

Emma weitet die Augen, scheint überrascht über diese direkte Frage. »Ich … ich weiß nicht mehr, was ich fühle.«

»Das ist keine Antwort auf meine Frage.«

»Was willst du denn hören?«, faucht sie wütend, will aufstehen, doch ich stelle mich ihr in den Weg.

»Ich will hören, dass du ihn liebst und er der Richtige für dich ist. Dass du dir ein Leben nicht mehr ohne ihn vorstellen kannst. Deine Augen sollen funkeln, wenn du über ihn sprichst, so, wie sie geleuchtet haben, als ich dich geküsst habe!« Nur ein Wort würde genügen und ich würde sie bis auf ewig lieben, nie einen Zweifel an ihren Gefühlen zulassen. Doch kein Wort verlässt ihre Lippen.

Ich merke, dass sie aufstehen möchte und mache Platz. Sie erhebt sich, fährt sich durch ihre Haare. Etwas schuldbewusst gehe ich auf sie zu, stelle mich dicht hinter sie. Sie jedoch weicht zurück, als sie mich in ihrem Rücken spürt, und funkelt mich zornig an. »Liam, auf diese Weise kann es nicht mehr weitergehen! Ich bin und bleibe mit Sean zusammen. Es tut mir leid.«

»Nein, Emma. Es tut *mir* leid, denn je mehr du versuchst, mich von dir wegzuschieben, desto mehr begehre ich dich. Ich habe das Gefühl, dass deine Gefühle für ihn nicht stark genug sind. Ich werde nicht aufgeben! «

KAPITEL 3

Emma

»Liam. Wieso machst du es mir derart schwer?« Die Wehmut in meiner Stimme lässt sich nicht leugnen. Auch wenn ich gerade behauptet habe, mich für Sean entschieden zu haben, lässt mich Liams Präsenz nicht kalt. Ich bin auch nur ein Mensch und kann meine Gefühle nicht auf Knopfdruck ausschalten, obwohl es manchmal sehr hilfreich wäre.

Sein Blick wird weicher. »Es tut mir leid, dass ich dich damit überrumple. Du musstest es jetzt einfach wissen.«

Einen tiefen Atemzug später sehe ich mich im Büro um und entdecke meine Handtasche und Jacke auf Liams Schreibtisch. Das Doppelbüro von Sean und seinem Bruder ist stilvoll eingerichtet: hohe Stuckdecken, Parkettboden und ganz wenige, dunkle Möbel. Eine Wand ist komplett verglast, die anderen weiß gestrichen. Daran hängen gerahmte Fotografien und Urkunden, selbstverständlich in Schwarz-Weiß, damit sie das von Eleganz dominierte Ambiente nicht stören. Immerhin ist das gesamte Bürogebäude ein mit dunklem Glas verkleideter Architekturtraum.

Ich schnappe mir meine Sachen und wende mich Liam wieder zu, um mich zu verabschieden. Unsere Blicke treffen aufeinander und mein Herzschlag verdreifacht sich. Da stehe ich, im Büro meines Chefs, des Bruders meines Freundes, der mir den Atem raubt. Panik überkommt mich, denn dieses Dilemma geht mir allmählich an die Nieren. Ich will das nicht mehr. Eilig versuche ich, dieser unangenehmen Situation zu entfliehen, doch Liam stellt sich mir in den Weg.

»Geht es dir gut?«, fragt er mich fürsorglich.

»Ja, danke. Es geht schon.« Ich will einfach nur verschwinden, meinen Kopf freibekommen.

»Ich will nur sichergehen, dass du Auto fahren kannst. Immerhin hast du dir den Kopf gestoßen und bist kurz weggetreten gewesen.«

»Das ist nett von dir, aber du musst dir keine Sorgen machen. Mir passieren solche Missgeschicke ständig. Ich stolpere so oft in meinem Leben, dass die Leute schon glauben, ich könnte fliegen«, scherze ich und die angespannte Stimmung lockert sich.

»Genau dieser Umstand macht dich auch liebenswert.« Seine Worte streicheln mich, machen es mir schwer den Raum zu verlassen. Ich schlucke, dabei dringt mir Liams Geruch in die Nase, der mich um den Verstand bringt.

»Danke, Liam. Ich wünsche dir einen schönen Feierabend.«

»Gute Nacht, Emma«, höre ich ihn flüstern, bevor ich das Büro verlasse und regelrecht aus dem Gebäude flüchte, weg von dem Mann, dem ich viel zu bedeuten scheine. Zu viel.

»Baby, ist alles in Ordnung?«, will Sean beim Abendessen wissen. Seit einer gefühlten Ewigkeit sitzen wir in seiner Wohnung, die er romantisch mit Rosenblättern geschmückt und mit Hunderten von Kerzen erleuchtet hat. Er hat mich regelrecht mit Romantik überschüttet, seit ich zu ihm gekommen bin. Doch so sehr ich es mir auch wünsche, ich schaffe es einfach nicht, mich zu entspannen und über diese liebevolle Geste zu freuen. Dazu bin ich viel zu aufgewühlt.

Sean räuspert sich, um mich wieder aus meiner Gedankenwelt zu holen. »Ja, es ist alles okay. Ich bin nur etwas müde«, seufze ich und stochere noch immer in der Gemüselasagne herum.

»Und du willst mir auch nicht sagen, woher du diese Beule auf der Stirn hast?«, fragt er schließlich leise, sodass ich die Gabel ertappt fallen lasse. Nervös huscht mein Blick zu ihm, während ich mir überlege, was ich ihm sagen soll. Ich kann ihm unmöglich von Liams Versuch, mich für sich zu gewinnen, erzählen. Immerhin will ich ihre brüderliche Beziehung nicht zerstören.

»Ich habe nicht aufgepasst und bin … gegen eine Tür gelaufen.«

»Hast du Schmerzen?«

»Es geht mir gut. Nur etwas Kopfweh.«

Sean legt sein Besteck auf den Teller, wischt sich mit einer Serviette über den Mund und steht auf. Mit zwei Schritten ist er bei mir und stellt sich hinter mich. Seine Hände wandern zu meinen Schultern, die er leicht zu massieren beginnt. Tief ausatmend schließe ich die Augen, lege meinen Kopf schief. *Man, tut das gut!* Sean erhöht den Druck, knetet und streichelt. Ich lasse mich fallen, genieße seine Berührungen und doch stelle ich mir immer wieder dieselbe Frage. *Wie wäre es wohl, wenn Liam an seiner Stelle wäre? Wie würde es sich anfühlen, seine rauen Hände auf meiner Haut zu spüren?* Erschrocken über meine eigenen Gedanken, die mir fremd erscheinen, öffne ich die Augen und erstarre. Mein Herz hämmert wild gegen meine Rippen und lässt mich schwer atmen.

»Baby, du bist ja total verspannt.« Sean streicht sanft über meine Schulterblätter. Doch das beruhigt mich auch nicht.

»Ja, es war sehr stressig heute.«

Langsam beugt er sich zu mir, streicht meine Haare zur Seite, um mir ins Ohr zu flüstern. »Ich hätte ein gutes Mittel gegen Stress«, raunt er sexy in mein Ohr, leckt mit der Zungenspitze leicht mein Ohrläppchen. Eigentlich mein empfindlichster Körperteil, doch in mir regt sich nichts. Zu sehr bin ich über meine

27

Gedankengänge erschrocken. Ich brauche Zeit für mich, muss alleine sein.

»Um ehrlich zu sein, bin ich total müde, Sean. Ich gehe schnell duschen und dann gleich ins Bett, ja?« Ich sehe auf und begegne seinem überraschten Gesichtsausdruck.

»Oh, okay«, sagt er verwirrt und tritt einen Schritt zurück, damit ich aufstehen kann. Es tut mir zwar leid, Sean abzuweisen, doch ich muss endlich einen klaren Kopf bekommen, versuchen, wieder Herr meiner Gefühle zu werden.

Vier Uhr früh und ich wälze mich im Bett hin und her. Sean ist noch immer nicht ins Bett gekommen, arbeitet wahrscheinlich im Büro oder ist sauer auf mich, weil ich ihn zum ersten Mal abgewiesen habe. Der Sex mit ihm ist göttlich, doch das ist das Letzte, was ich jetzt brauche. Wie könnte ich auch mit ihm schlafen, wenn mir sein Bruder in den Gedanken herumschwirrt. *Dieser verdammte Mistkerl! Wie kann er diese wundervollen Dinge sagen? Er nutzt meine Unsicherheit total aus.* Liams Hände, die mich vorhin im Büro gestreichelt haben, und mein verräterischer Körper haben es mir noch schwerer gemacht, ihm zu widerstehen.

»Mist«, jammere ich, drücke mir das Kissen ins Gesicht und versuche auf diese Weise, Liam Coleman aus meinem Kopf zu bekommen. Erfolglos. In letzter Zeit fällt mir auf, dass er sich immer öfter in mein Bewusstsein schleicht und einfach nicht verschwinden will. Als die Sonne aufgeht und das Schwarz der Nacht weicht, falle ich in einen erschöpften Schlaf. Mein letzter Gedanke gilt Liam, diesem sexy Arsch!

»Hey Emma!«, ruft Ava laut und läuft vom Fahrstuhl aus auf mich zu. Mit einem breiten Lächeln gehe ich in die Hocke und umarme sie stürmisch. Die Kollegen haben sich schon daran gewöhnt, dass Ava mir nicht von der Seite weicht, sobald sie das Bürogebäude betritt, deshalb schenkt uns auch kaum einer Beachtung.

»Hey Prinzessin. Wie geht es dir heute? Hat Finnlay sich nach dem Streit bei dir entschuldigt?« Letzte Woche hat sie mir erzählt, dass ein Mitschüler sie an den Haaren gezogen hat.

»Ach der. Nein, hat er nicht, aber ist auch egal, denn heute ist ein wundervoller Tag!«, schwärmt sie lachend.

»Ach ja? Was hast du denn heute geplant?«

»Ich und …«

»Emma!«, ruft Sean und kommt auf mich zu. Er wirkt sauer. *Nur wieso?* Sein Blick ist grimmig, bis er Ava entdeckt und sie genauso herzlich begrüßt wie ich vorhin.

»Ja Sir?«, frage ich unsicher.

»Haben Sie gestern die Druckerei wegen der Flyer angerufen? Die müssten doch längst fertig sein! Die Unternehmermesse ist nächste Woche und bis dahin brauchen wir sie.«

»Ja, habe ich. Ihnen ist eine Druckstation ausgefallen und deshalb verzögert es sich um maximal zwei Tage«, antworte ich gelassen in dem Wissen, dass das ausreicht.

»Puh, zum Glück. Charles hätte uns den Kopf abgerissen, wenn wir sie nicht zur Messe hier hätten.«

»Keine Sorge, Sir. Ich habe alles unter Kontrolle«, sage ich und lächle zaghaft. Doch dieses Lachen vergeht, als sich die Tür öffnet und Liam auf uns zukommt. Wie ein Mantra wiederhole ich im Stillen, dass ich ihm nicht in die Augen sehen darf, sonst würde er mich wieder schwach machen.

»Hallo meine Süße«, ruft er Ava zu. Ihr Gesicht strahlt, während sie sich ihm in die Arme wirft. Lachend hebt er sie hoch und kommt auf uns zu. »Hallo Emma«, begrüßt er mich formell, doch seine Augen strahlen. Ein nervöses *Hallo* kommt über meine Lippen, mein Kopf bleibt gesenkt. *Gut so.* »Und Mäuschen freust du dich auf heute Nachmittag?«

29

»Oh ja! Aber weißt du, was mir noch mehr gefallen würde?«

»Was denn?«

»Wenn Emma mit uns mitkommt!« Überrascht hebe ich den Kopf. *Was? Ich?*

Liam sieht mir in die Augen, seine Mundwinkel verziehen sich zu einem Lächeln. »Ich weiß nicht, ob Emma Lust hat, mit uns auf den Rummel zu gehen.«

»Ach, bitte, bitte, Emma! Bitte komm mit uns auf den Rummelplatz! Ich möchte mit dir Karussell fahren!« Sie ist derart niedlich, dass ich am liebsten Ja sagen würde. »Und Daddy freut sich auch immer, wenn du bei ihm bist. Das sagt er ganz oft. Du musst mitkommen!«

Kinder! Sie haben die Gabe, unschuldig und ehrlich zu sein ohne dass ihnen bewusst ist, dass sie jemanden damit in Verlegenheit bringen. Ava sieht mich flehend an und ich bemerke im Augenwinkel, dass Sean mit dem Kiefer mahlt.

Auweia! Habe ich vorhin noch gesagt, ich hätte alles unter Kontrolle? Update: Ich habe keine Ahnung, was zum Teufel ich jetzt machen soll!

KAPITEL 4

Emma

Es tut mir leid, Ava, ich kann leider nicht mitkommen. Ich habe noch viel Arbeit zu erledigen.

Nein, Süße, vielleicht ein anderes Mal.

Nein, ich kann nicht mit Liam in einem Raum sitzen, geschweige denn, mit ihm den ganzen Tag verbringen!

Das alles wären gute Antworten gewesen, allerdings bin ich unter Avas flehendem Blick schwach geworden und konnte gar nicht anders, als zuzusagen. Daraufhin stapfte Sean wortlos, aber wutentbrannt in sein Büro und ließ mich mit Liam und seiner Nichte stehen. Als hätte er diesen Augen etwas abschlagen können!

Nun sitze ich hier in Liams SUV, lausche Ava, die uns ein bekanntes Kinderlied vorsingt, und versuche, so gut es eben geht, Liams Blick nicht zu begegnen. *Wie soll ich bloß mit ihm umgehen?*

»Emma? Ist alles in Ordnung?«, fragt Liam, während er auf Coney Island nach einem Parkplatz Ausschau hält. Da ich ihm meine Schwäche für ihn nicht gestehen will, nicke ich nur und sehe auf die Attraktionen, die von Weitem strahlen.

»Oh Daddy! Sieh mal, wie hoch das ist!«, ruft Ava aufgeregt und deutet auf ein Riesenrad inmitten der Promenade.

Coney Island steht für Meer, Strand und Vergnügen. Direkt am Meer gelegen befindet sich der größte Rummelplatz Brooklyns. Mittlerweile ist Coney Island etwas in die Jahre gekommen, aber es hat nichts von seinem alten Glanz verloren. Die Themenparks schaffen es noch immer, Kinderaugen zum Leuchten zu bringen und Erwachsene zu begeistern. Wir bleiben vor dem roten Riesenrad stehen, die Gondeln glänzen in einem dunklen Goldton, wirken aber klein. Erst vor der Kasse fällt mir auf, dass es sich um ein Kinderriesenrad handelt und nur zwei Personen Platz haben.

»Oh Daddy, ich möchte bitte mit dem Riesenrad fahren!«, bettelt Ava und zerrt Liam regelrecht zur Kasse. Er lächelt mir entschuldigend zu und setzt sich mit Ava in die Gondel. Lachend winke ich den beiden zu, als sich das Rad in Bewegung setzt. Ich sehe, wie er ihr die Umgebung erklärt und mit ihr lacht. Es ist süß, wie liebevoll Liam mit Ava umgeht.

Die Temperaturen sind für Mitte Februar angenehm, nicht zu kalt oder zu warm. Außer eine Softshelljacke trage ich meine graue Jeans, eine blaue Seidenbluse und bequeme Boots. Von Weitem dringt mir die salzige Meeresbrise in die Nase, sodass ich mich umdrehe, am Geländer abstütze und den Wellen zusehe, die sich am Strand brechen. New York ist schon ein schönes Fleckchen Erde. Sogar die U-Bahn fährt hier direkt zum Strand und nach Coney Island. Mitten im Stadttrubel findet man am Strand einen Ort zum Entspannen.

»Emma. Hey«, flüstert Liam hinter mir, dicht an meinem Ohr. Mein Körper erzittert und ein wohliger Schauer breitet sich aus, dringt mir bis zu den Zehen. Langsam drehe ich mich um, stehe nun direkt vor ihm. Nicht einmal eine Hand hätte zwischen uns Platz. Unsere Blicke begegnen sich, verschmelzen miteinander, und ich habe das Gefühl, als wäre die Promenade komplett leer und nur er und ich hier. Kein Laut dringt an mein Ohr, keine Umgebung nehme ich wahr, nur diesen Mann, der mich verwirrt.

»An was denkst du?«, fragt er schließlich.

Meine Mundwinkel zucken. *Ist das denn nicht offensichtlich? Merkt er denn gar nicht, wie nervös er mich macht?* Einen tiefen Atemzug später senke ich den Blick, entferne mich von ihm. Ich muss Abstand zwischen uns bringen, damit ich klar denken kann. Mein Blick gleitet zum Riesenrad, wo Ava noch eine Runde alleine dreht und uns zuwinkt. »Sie ist zauberhaft«, sage ich schwärmend und lehne mich an die Brüstung.

Liam stellt sich neben mich, lächelt seiner Tochter zu. »Ja, das ist sie.«

»Du bist ein toller Vater. Sie vergöttert dich.«

»Nun, ich hoffe, sie sieht das genauso. Ich gebe mir jedenfalls Mühe. Dadurch, dass ich sie zu wenig sehe, versuche ich, die verlorene Zeit nachzuholen.«

»Ich glaube, du machst das ganz gut. Sobald sie dich sieht, strahlen ihre Augen vor Glück«, meine ich und schlinge die Arme um mich, als der Wind zunimmt und die Meeresbrise in starke Böen umschwenkt.

»Als ich ein Junge war, habe ich mir oft gewünscht, dass Vater mehr mit uns unternimmt.« Liam seufzt, verhakt seine Hände ineinander.

»War er beruflich viel unterwegs?«, frage ich vorsichtig, schließlich will ich ihm nicht zu nahe treten, da ich weiß, dass er zu seinem Vater nicht das beste Verhältnis hat.

Er schnaubt lachend. Es ist ein Lachen, das seine Augen nicht erreicht. »Na ja, es war seine Standardausrede. Angeblich war er jedes Wochenende auf Seminaren und Kongressen, aber das war schlichtweg gelogen. Die meiste Zeit verbrachte er mit seinen Affären und ließ meine Mutter mit zwei Kindern allein.«

Seine Stimme wirkt gebrochen und ich höre trotz der lauten Geräusche der umherstehenden Attraktionen die Verbitterung heraus. Liam senkt den Blick, braucht einen Moment, um sich zu sammeln.

»Ich finde, du machst das mit Ava wunderbar. Sie wirkt trotz der Trennung ihrer Eltern glücklich.«

»Ich hoffe es.« Langsam hebt er den Blick, sieht auf seine Tochter, die die Umgebung bestaunt. Ich betrachte sein Gesicht, die Bartstoppeln auf seiner Wange und seine, warmen, faszinierenden Augen.

»Sie hat deine Augen.«

»Ja, das stimmt, alles andere von ihrer Mutter.« Ich beobachte ihn aus dem Augenwinkel. Seine Miene wirkt gequält, als suchten ihn schmerzliche Erinnerungen heim. Ich lege die Hand auf seinen Arm, drücke ihn kurz und versuche, ihn zu trösten, sage jedoch nichts. »Weißt du, dass ich zwei Jahre lang mit keiner Frau geflirtet, geschweige denn, eine geküsst habe?«

Mein Herz klopft augenblicklich schneller. Der bloße Gedanke, an seine heißen Küsse, lässt meinen Körper erzittern und heiße Schauer meinen Körper beherrschen. Schnell entferne ich wieder meine Hand. »Nein, das wusste ich nicht«, antworte ich und versuche, dabei gelassen zu klingen, doch meine Stimme zittert vor Nervosität.

»Es stimmt. Nachdem mich Diane mit meinem besten Freund betrogen hat, habe ich mich abgeschottet. Wollte nichts mehr mit Frauen zu tun haben, außer gezwungenermaßen im Büro.«

»Das tut mir leid, Liam.« Das musste eine schlimme Zeit für ihn gewesen sein.

»Das muss es nicht. Ich war selbst schuld. Ich hätte die Zeichen erkennen müssen, hatte aber eine rosarote Brille auf und habe alles Negative ausgeblendet. Danach war ich wie die leere Hülle eines Mannes, vollkommen unfähig, Gefühle zu haben.« Er starrt gedankenverloren nach vorne.

Es macht mich unendlich traurig, ihn so zu sehen. Liam wirkt gebrochen, wenn er über seine Exfrau erzählt.

Dann dreht er sich auf einmal zu mir, sucht meinen Blick und ich kann nicht anders, als in diese atemberaubenden Augen zu sehen. »Dann kamst du.«

»Ich?«

»Ja, du. Seitdem du mich Arsch genannt hast, kriege ich dich einfach nicht mehr aus dem Kopf. Du hast mir mein Herz gestohlen, Emma. Vom ersten Augenblick an.«

Er neigt den Kopf, streicht mit der Nasenspitze über meine. Sein Geruch, dieser herbe, männliche Duft, raubt mir augenblicklich die Sinne, macht mich verrückt. Liams Augen huschen über mein Gesicht, als suchte er etwas darin. Auch dieses Knistern ist wieder da. Diese elektrische Spannung, die es mir unmöglich macht, diesem Mann zu widerstehen. Mein Herz rast, als er mir näher kommt, und ich spüre seinen heißen Atem auf den Lippen, fühle das pochende Verlangen in mir, ihn endlich zu küssen.

»Daddy! Es war toll!« Ava kommt vom Riesenrad zu uns gerannt, reißt lachend die Arme in die Luft. Wehmut und Erleichterung machen sich in mir breit und ich weiß nicht, welches Gefühl stärker ist. Der Moment ist dahin und meine Nerven auch. Schwer atmend trete ich einen Schritt zurück, mache Ava Platz und versuche, einen klaren Kopf zu bekommen.

Der weitere Nachmittag ist die reinste Folter. Ständig berühren Liam und ich uns flüchtig und jede Berührung jagt kalte wie heiße Schauer über meinen Rücken.

»Danke, Emma, dass du mitgekommen bist«, sagt Liam, als er den Wagen vor meinem Apartmenthaus parkt.

»Gern geschehen. Es hat mir großen Spaß gemacht. Ava ist entzückend. Ich hab sie sehr lieb gewonnen.« Lächelnd sehe ich auf den Rücksitz, wo Ava vor Erschöpfung eingeschlafen ist. Sie sieht aus wie ein kleiner Engel.

»Sie dich auch. Sie schwärmt die ganze Zeit von dir.«

»Das freut mich.« Ich schnalle mich ab, nehme meine Tasche und steige aus. »Wiedersehen, Liam.« Als ich mich umdrehe und

35

gehen möchte, lässt Liam die Fensterscheibe heruntergleiten und ruft nach mir. »Ja?«

»Ich meinte jedes Wort ernst, das ich gestern sagte. Ich liebe dich und ich werde auf dich warten, egal, wie lange es dauern mag.« Mit diesen Worten fährt er davon und lässt mich mit meinen sich überschlagenden Gedanken und Gefühlen zurück. *Großer Gott, was soll ich bloß tun?*

KAPITEL 5

Sean

»Dieser elende Mistkerl!«, grolle ich und schlage mit den Fäusten auf die Schreibtischplatte. Der Bilderrahmen fällt scheppernd auf die Glasseite, der Becher mit den Kugelschreibern rollt über den Tisch und verteilt die Stifte auf der ganzen Oberfläche. *Wie kann er so dreist sein und seine Tochter in unseren Kampf um Emma hineinziehen?* Dieses niveauloses Verhalten habe ich von vielen erwartet, aber doch nicht von Liam! Natürlich kann Emma nicht absagen, wenn Ava sie geradezu anfleht, mit ihnen zu kommen. Das verstehe ich, aber trotzdem!

Wütend fahre ich mir durch die Haare. Die letzte Nacht war schon schlimm genug, jetzt muss mir Liam auch noch den Tag vermiesen? Gestern Abend kam Emma schon niedergeschlagen und mit einer Beule auf der Stirn in meine Wohnung und hielt es nicht einmal für nötig, mir zu erklären, wo und wann sie sich verletzt hat. Ich verwette meinen Arsch darauf, dass Liam dafür verantwortlich ist. Dabei ist mir mein Hintern neben meinem besten Stück, mein liebstes Körperteil. Er würde Emma niemals gegen ihren Willen anrühren, also was ist passiert? Sie wirkte nachdenklich und war distanziert. *Was hat dieser Verräter bloß getan, dass Emma keinen Sex wollte?*

»Mister Coleman?«

»Was!?«, blaffe ich Myra an, ich kann meine Wut kaum zügeln. Ich wünschte, ich hätte einen Boxsack hier, auf den ich ohne Erbarmen einprügeln könnte. Das wäre doch eine Anschaffung wert.

37

Myra sieht erschrocken zu Boden und schluckt. »Ihre Video-konferenz startet in fünfzehn Minuten, Sir«, flüstert sie kleinlaut und flieht aus meinem Büro.

Mist verdammter! Ich wollte sie nicht anschreien, immerhin ist es erst ihr zweiter Arbeitstag. *Emma treibt mich noch in den Wahnsinn!* Sie hat mich bis gestern noch nie abgewiesen, hat es stets genossen, wenn ich sie mit meinen Liebeskünsten um den Verstand brachte. Doch seit sie mit meinem Bruder in Texas war, ist alles anders. *Emma ist anders und das gefällt mir nicht, zum Teufel noch mal!* Ich will meine Emma zurück, die Liam immer schön brav aus dem Weg gegangen ist und nur Augen für mich hatte. Gestern habe ich die ganze Nacht gearbeitet, weil mich ihre Abweisung rasend gemacht hat.

Ich konnte nicht mir ihr in einem Bett liegen. Mein Stolz war einfach geknickt. *Für was hat man eine Freundin, wenn sie einen nicht mehr ranlässt?* Genau das war der Grund, aus dem ich nie eine Beziehung wollte! Diese Dramen brauche ich nicht. Wie oft habe ich meine verheirateten Freunde ausgelacht, wenn sie von den Streitereien mit ihren Frauen berichteten, die daraufhin den Sex verweigerten, und jetzt drohe ich, genauso zu werden. Allerdings wusste ich immer, worauf ich mich einließ und Emma war es wert, mich zu ändern. Nein, sie ist es wert. Ich werde es schaffen und sie wieder für mich gewinnen. Denn ich weiß, was Frauen wollen: Romantik, Luxus und sinnlichen Sex – und das kann ich perfekt.

Während ich das Chaos beseitige, mich auf den Bürostuhl set-ze und das Programm für Videokonferenzen starte, gehe ich im Kopf einen Plan durch, wie ich Emma zurückerobern und Liam ein für alle Mal aus dem Rennen werfen kann.

Genervt sehe ich auf die Armbanduhr. Es ist mittlerweile acht-zehn Uhr und Emma ist noch immer nicht zu Hause. Mein Blick schweift auf den gedeckten Tisch mit dem herrlich duftenden Abendessen, das ich gekocht habe. Na ja, ich habe es versucht und hoffentlich ist es genießbar. Romantische Musik läuft im Hintergrund und die weißen Rosenblätter auf dem Boden werden sie verzaubern. Ich bekam zwar fast eine Panikattacke, als sie mir damals ihren Haustürschlüssel gegeben hat, immerhin ist das ein ziemlich großer Schritt, doch heute bin ich froh, ihn zu haben. Auf diese Weise kann ich sie überraschen und ihr beweisen, dass ich der Richtige für sie bin. Ich werde sie lieben, verwöhnen und ihr gar keine Chance geben, auch nur an jemand anderen zu denken.

Plötzlich höre ich, wie die Tür aufgeschlossen wird, richte mir die Krawatte und nehme eine weiße Rose in die Hand. Emma tritt mit trauriger Miene in ihre Wohnung und erstarrt, als sie mich erblickt. Mit offenem Mund sieht sie sich um, entdeckt die Rosenblätter und das Abendessen. »Sean? Hey? Was machst du denn hier?«, fragt sie, schließt die Tür und stellt ihre Tasche auf der Kommode neben der Tür ab. Ihre kühle Art nimmt mir den Wind aus den Segeln.

»Ich wollte dich überraschen, Baby. Gestern hattest du einen harten Tag, deshalb wirst du heute von mir verwöhnt.«

Sie lächelt zaghaft, kommt auf mich zu und küsst mich kurz auf den Mund. Doch ich lasse sie nicht los, presse ihren Körper an mich und meine Lippen auf ihre. Die Rose lasse ich achtlos zu Boden fallen, drücke Emma fest an mich. Zuerst wirkt sie überrascht, doch dann erwidert sie den Kuss. Zu schnell ist er vorbei, als Emma mich langsam von sich schiebt. »Wow, das nenne ich eine Begrüßung.«

Ich stelle mich hinter sie, lege meine Hände an ihre Taille und ziehe sie an meine Brust, sodass sie auch spüren kann, wie sehr sie mich erregt. Dabei neige ich den Kopf, um ihr ins Ohr zu flüstern. »Das ist erst der Anfang, Baby.«

Nach dem Hauptgang gehe ich in die Küche und hole das Dessert. Ein Tiramisu, das sie so schnell nicht vergessen wird. »Hm, das sieht ja gut aus«, sagt Emma schwärmend und leckt sich über ihre kirschroten Lippen. Heute sieht sie besonders schön aus, mit ihrer blauen Seidenbluse und der grauen Jeans. Ihr Haar hat sie ausnahmsweise zu einem Pferdeschwanz gebunden, wahrscheinlich wegen des starken Windes auf Coney Island.

»Lass es dir schmecken.« Ich reibe mir das Kinn und beobachte, wie sie sich genüsslich den vollen Löffel in den Mund schiebt. Sogar wenn sie isst, wirkt sie sinnlich und unwiderstehlich, dass ich sie sofort auf dem Tisch hier nehmen will. Als sie stutzt, hebe ich wissend die Brauen. *Showtime!*

»Was ist das?«, fragt sie und zieht mit den Fingern die Schmuckbox im Miniformat aus dem Becher.

»Hm, ich weiß nicht. Mach es doch auf«, raune ich und stelle mich schon auf Freudensprünge ein.

Sie wischt die Tiramisureste mit einer Serviette von der Schatulle und ihren Händen und öffnet es mit zittrigen Fingern. Ihr Mund klappt auf, als sie mit dem Zeigefinger über das Armband streicht.

»Oh mein Gott, Sean«, haucht sie und mein Grinsen wird breiter.

»Gefällt es dir?«

»Ähm, grundsätzlich ja, aber es sieht sehr teuer aus.«

»Du solltest es lieber nicht irgendwo verlegen. Der Finder wäre ein reicher Mann.«

»Oh Gott. Vielen Dank, aber ich kann das doch nicht annehmen. D-Die sehen ja aus wie … richtige Diamanten und das Armband kostet vermutlich mehr als … meine Wohnung«, stottert sie atemlos und ihre Miene wirkt eher entsetzt als glücklich.

Verwirrt runzle ich die Stirn. Ich habe Freudenschreie erwartet und keine Zweifel. »Natürlich kannst du es annehmen. Sieh es als verfrühtes Geburtstagsgeschenk.«

»Ich weiß nicht.«

Verdammt noch mal! Freu dich doch darüber. Sei nicht stur! Meine Affären hätten mir die Füße abgeleckt nach diesem einen Geschenk. Ich merke, wie sie hin- und hergerissen ist, atme erleichtert aus, als sie es endlich aus der Schachtel nimmt und sich um den Arm legt. Es ist ein Vintage Armband mit Blütenmotiv von einem der angesagtesten Juweliere in ganz New York. Achtzehn Karat mit zwanzig Blüten und Diamanten veredelt. Es hat mich ein halbes Vermögen gekostet. Aber es ist nur Geld. Ich habe genug davon.

»Kannst du?«, fragt sie verlegen und deutet auf ihre Hand. Ohne meinen Blick von ihrem zu lösen, stehe ich auf und gehe neben ihr in die Hocke. Ich schließe den Verschluss und streichle ihre Wange. Emma schließt die Augen, scheint meine zärtlichen Berührungen zu genießen. »Danke.«

Lächelnd erhebe ich mich, küsse ihre Stirn und lehne meine dagegen. »Ist alles in Ordnung?« Ich merke genau, dass sie etwas beschäftigt.

Sie öffnet ihre Augen und sieht tief in meine. Ihr Blick ist voller Wärme und Liebe, dass ich schlucken muss. »Ja. Es ist alles okay. Ich habe nur für mich eine Entscheidung gefällt.«

Mein Herzschlag setzt einen Schlag aus. *Welche Entscheidung? Will sie doch Liam?*

»Du bist wunderbar und es tut mir leid, dass ich gestern derart abweisend war. Ich will mit dir zusammen sein und keiner wird zwischen uns stehen«, sagt sie mit solch einer Wärme in der Stimme, dass ich glaube zu schweben.

Überglücklich packe ich sie an den Armen, ziehe sie hoch und küsse sie stürmisch. *Emma gehört mir und Liam hat verloren!*

KAPITEL 6

Emma

Fassungslos starre ich auf das Armband, das Sean mir geschenkt hat. Zuerst habe ich fast einen Herzinfarkt bekommen, weil ich dachte, er wolle mir einen Heiratsantrag machen. Doch statt eines Rings fand ich dieses sündhaft teure Armband in der Schatulle. Es passt gar nicht zu mir, die Blüten sehen zwar hübsch aus, aber generell wirkt es etwas plump. Überhaupt nicht mein Stil. Dann hebe ich den Blick, sehe in Seans verwirrtes, gar trauriges Gesicht. Dabei zieht sich mein Herz schmerzlich zusammen. Bei unserem Kennenlernen, war er ein Frauenheld und an einer Beziehung nicht interessiert.

Wenn ich ihn jetzt ansehe, blicke ich auf einen wundervollen Mann, der sich mir zuliebe geändert hat, und nichts könnte schöner sein, als jemand, der dich liebt und auf Händen trägt. Wir sind zwar verschieden und haben nicht denselben Geschmack, was viele Dinge angeht, doch ich darf ihn nicht verlassen, nur weil ich unsicher bin. Dieses Mal ist die Entscheidung gefallen. Sean ist der Richtige für mich und ich werde ihn nicht aufgeben. Auch nicht für Liam!

Die Monate vergehen und der Herbst steht vor der Tür. Es hat sich viel getan, seit ich mich für Sean entschieden habe. Sehr viel. Gleich an dem darauffolgenden Tag habe ich mit Liam gesprochen und ihm klipp und klar gesagt, dass sein Bruder der Richtige für mich ist. Obwohl ich mir sicher bin, vor Entschlossenheit gestrotzt zu haben, konnte er es nicht lassen. »Er wird dich niemals glücklich machen, wie ich es könnte, wenn du uns nur eine Chance gäbst«, sagte er. Danach war unser Verhältnis mehr als kühl. Wir sprachen nur miteinander, wenn es um die Arbeit ging, und mieden einander. Wie damals nach der Weihnachtsfeier, als ich mit Sean zusammengekommen war. Meine gute Beziehung zu Ava hielt ich aber aufrecht, wollte ich sie doch auf keinen Fall verlieren. Und Sean und ich … nun ja … Ich habe seit einigen Wochen mehr und mehr das Gefühl, als lebten wir in einer Art Seifenblase. Wir unternehmen kaum etwas, sind die meiste Zeit bei ihm oder mir.

Obwohl ich ihm immer wieder angedeutet habe, dass ich gerne mehr Zeit mit seiner Familie verbringen möchte, blockt er ab. Ich weiß, dass er noch immer eifersüchtig auf Liam ist, doch dass er mich komplett von seiner Familie fernhält, enttäuscht mich mehr, als ich mir eingestehen will. Seans Eifersucht wurde mit den Monaten immer stärker, er besitzergreifender. Als Ausgleich überschüttete er mich mit luxuriösen Geschenken, die weder zu mir passten noch mir gefielen. Meine Familie ist mittlerweile im Bilde, dass Sean mein Freund ist. Ich habe ihnen erklärt, dass ich mich von Liam getrennt hätte. Dass sie Brüder sind, verschweige ich jedoch.

Nun betrete ich meinen Arbeitsplatz und hoffe, dass keiner weiß, was heute für ein Tag ist. Kaum habe ich meine Tasche abgestellt und mich gesetzt, höre ich ein lautes Tröten. »Alles Gute zum Geburtstag!«, ruft Nia und wirft mit Konfetti. Natürlich genau auf meine Tastatur. *Das zu reinigen wird die Hölle werden!*

»Pst, sei leise! Ich möchte nicht, dass jemand weiß, dass ich ein Jahr älter werde«, jammere ich. *Kann ich nicht für immer zwanzig sein?*

»Ach Süße. Hast du etwa Angst vor grauen Haaren und Falten? Du bist ja nur dreiß…«

»Pst pst pst! Also wirklich Nia. Ich bin schlanke achtundzwanzig und wehe dir, du verrätst, wie alt ich wirklich bin!«

Nia lacht herzlich, nimmt mich fest in den Arm und küsst meine Wange. »Sei nicht albern. Es ist doch nicht schlimm, älter zu werden.«

»Pff … das sagt eine Vierundzwanzigjährige. Warte mal, bis du in meinem Alter bist, dann reden wir weiter.« Nia ist schon ein Schatz. In den vergangenen Wochen haben wir zwar nicht mehr viel Zeit miteinander verbracht, trotzdem ist sie immer an meiner Seite. Sie ist meine beste Freundin geworden. Wir lachen um die Wette, als sie mir mein Geschenk übergibt und ich kurz den Blick schweifen lasse. Dann sehe ich ihn. Liam. Unsere Blicke treffen sich und mein Herz bleibt stehen. Auch wenn wir kaum zehn Sätze in den vergangenen Monaten gesprochen haben, war er noch immer jemand, der mir am Herzen lag. Tief im Herzen. Oft habe ich mich gefragt, wie mein Leben verlaufen wäre, wenn ich mich damals für ihn entschieden hätte. Doch diese Gedanken schiebe ich meist weit von mir.

Wäre ich dann jetzt glücklich? Denn obwohl ich es mir noch nicht ganz eingestehen will, bin ich es nicht. Die Beziehung mit Sean … dieses Einsiedlerleben ist nichts für mich. Mein Herz wird schwer und ich seufze traurig auf. Liam bleibt stehen, beobachtet mich und kurz glaube ich, dass er auf mich zukommt, doch er wendet den Blick ab und geht in sein Büro.

»Emma, Süße! Was ist denn los? Ist es wieder wegen Sean?« Ich nicke niedergeschlagen. »Hast du mit ihm geredet?«

»Ja, aber er ist jetzt noch sturer und hat angeboten, dass wir in Urlaub fahren könnten. Alleine natürlich!« Ich schüttle den Kopf und atme tief ein und aus, um mich wieder zu beruhigen.

»Emma? Du wirst dich doch nicht von ihm trennen, oder?«

Ratlos zucke ich mit den Achseln. Ich will ihm nicht wehtun, aber ich bin einfach nicht mehr glücklich mit ihm. Wenn sich also nichts ändert …

»Miss Reed!«, höre ich Seans raue Stimme von Weitem.

»Ich gehe dann mal und du rede mit ihm. Er hat sich schon einmal geändert, vielleicht wird es wieder besser. Happy Birthday, Süße!« Nia eilt davon, als Sean zu mir in die Büronische kommt, in der Hand eine Schmuckschachtel. *Oh nein, nicht schon wieder teure Klunker!*

»Alles Gute zum Geburtstag«, sagt er und küsst mich auf die Wange, als die Luft rein ist.

»Oh Dankeschön, aber du hättest mir nichts kaufen müssen.« *Etwas vom Juwelier schon gar nicht!*

»Ach Blödsinn, natürlich kauft man seiner Freundin etwas zum Geburtstag. Du sollst in Luxus baden.« Dieser Satz treibt mich zur Weißglut. *Merkt er denn gar nicht, dass ich das nicht bin?* Ich stehe nicht auf Luxus, sondern auf Wildblumen, Selbstgebasteltes und Bettelarmbänder. Doch damit stoße ich bei Sean auf taube Ohren.

»Danke«, entgegne ich halbherzig.

»Sehr gerne. Sehen wir uns heute Abend bei mir?«

»Klar.«

Er schenkt mir ein breites Grinsen, geht um die Ecke und somit aus meinem Sichtfeld. Kopfschüttelnd öffne ich die Box. Eine Kette mit Diamanten. Natürlich.

Der Arbeitstag endet auf die gleiche Weise, wie er angefangen hat. Überall gratulierten mir Kollegen und sogar Charles kam vorbei und wünschte mir alles Gute. Kurz vor Feierabend gehe ich in das Büro von Sean und Liam, um Projektentwürfe abzugeben. Als ich in den Raum komme, steht die ganze Familie Coleman vor Liams Schreibtisch.

»Emma!« Ava stürmt auf mich zu. Ich begrüße sie und drücke

sie fest an mich. Wie sehr ich sie vermisst habe! Sie entfernt sich von mir, geht zu ihrer Schultasche und holt ein Blatt Papier heraus. »Herzlichen Glückwunsch«, sagt sie und überreicht mir eine Zeichnung. Dort sehe ich zwei Erwachsene und ein Kind inmitten eines bunten Rummelplatzes.

»Oh Ava, das ist wunderschön. Ich danke dir.«

»Siehst du? Das sind du, Daddy und ich auf Coney Island.«

Es ist das schönste Geschenk, was mir heute jemand gemacht hat. Die Kette von Sean kommt gegen dieses Bild nicht an – niemals. »Danke, Liebes, mir hat es auch gefallen. Woher weißt du eigentlich, dass ich Geburtstag habe? Hat Onkel Sean wieder geplappert?«

Sie schüttelt energisch den Kopf. »Nein, Daddy hat es mir erzählt.«

Überrascht sehe ich in Liams Richtung. Er beobachtet uns, und ich glaube fast, dass seine Mundwinkel nach oben wandern.

»Emma?«, ruft Charles nach mir. Ich streichle Ava übers Haar und gehe auf meinen Senior Boss zu. An Neujahr tritt er zurück, geht in Rente und Sean und Liam werden das Unternehmen übernehmen.

»Ja?«

»Nächste Woche feiere auch ich meinen Geburtstag und da habe ich ein kleines Familienessen geplant. Ich würde mich freuen, wenn du und …«

»Wir können nicht, Vater!«, schneidet Sean ihm das Wort ab.

»Nicht?«

»Emma und ich sind nächste Woche bei ihren Eltern und können deshalb nicht.« Kurz gleitet sein Blick zu Liam. *Was zum Teufel redet er denn da?* Wir haben gar nicht vor, zu meinen Eltern zu fahren. *Wieso lügt er?* Als sein Blick noch immer auf Liam ruht, wird mir klar, dass er aus Eifersucht absagt.

»Schade. Ich wünsche euch eine gute Reise nach Texas.«

»Danke, Vater.«

Ich koche vor Wut. Ich bin vielleicht chaotisch, launisch und anstrengend. Aber ich lüge nicht. Niemals! Sean öffnet den Mund, um etwas zu sagen, doch ich lasse ihn gar nicht zu Wort kommen. »Wage es ja nicht, mit mir zu sprechen!«, blaffe ich mit zusammengebissenen Zähnen, in der Hoffnung, dass sein Vater es nicht mitbekommt, und verlasse fuchsteufelswild das Büro. Ich bin derart außer mir vor Wut, dass ich gar nicht merke, wie mir jemand nachgeht.

KAPITEL 7

Liam

Die vergangenen Monate waren die reinste Hölle. Emma hat sich entschieden, und zwar für Sean, der mir seinen Triumph noch monatelang unter die Nase rieb, wenn wir alleine waren. Zum Glück ist mein Bruder nicht nachtragend und verzieh mir schließlich. Er sagte, dass er es verstünde, dass auch ich Emma wollte, schließlich sei sie wunderschön, innen wie außen. Ich tat gleichgültig, als kümmere es mich nicht mehr, was mit Emma war, hielt meine Enttäuschung über ihre Entscheidung zurück. Aber es tut weh, sehr sogar. Ich war es immer gewohnt, dass die Damen Sean mir vorzogen, doch dass auch Emma derart reagierte, hätte ich nicht gedacht.

Als sie mir gesagt hat, dass sie bei Sean bleiben wolle, habe ich ihr in meinem verletzten Stolz an den Kopf geworfen, dass Sean sie niemals glücklich machen könne, wie ich, und das denke ich noch heute. In den letzten Wochen wurde Emma mehr und mehr zu einer Fremden. Sie lacht kaum mehr, ist in sich gekehrt und unternimmt auch wenig mit Nia, was sie früher immer machte. Etwas bedrückt sie, das habe ich sofort gesehen. Doch mein Stolz verbat es mir, nachzufragen. Weder bei ihr noch bei Sean. Unsere Beziehung ist endlich wieder einigermaßen gut, weshalb ich sie nicht riskieren möchte, indem ich Fragen über Emma stelle.

Nachdenklich liege ich auf der braunen Stoffcouch und starre auf die Seiten des Buches in meiner Hand, ohne wirklich darin zu lesen. Ständig denke ich an Emmas traurige Augen, die mich sogar bis in meine Träume verfolgen. Ich träume oft von ihr. Dort muss ich mich nicht wegen meiner Gefühle zu ihr verteidigen. In der Traumwelt ist sie die Meine. Die Einzige. Allein an unseren ersten und letzten Kuss zu denken, schnürt mir die Kehle zu. Wie gerne würde ich die Zeit zurückdrehen und sie küssen, wie damals nach der Hochzeit ihrer Cousine. Doch es ist, wie es ist. Gott bewahre, aber vielleicht wird sie meine Schwägerin. Ich muss sie einfach aus dem Kopf bekommen.

»Daddy!«, ruft Ava, als die Haustür geöffnet wird und Diane mit unserer Tochter reinkommt. Schnell stehe ich auf, lege das Buch zur Seite und nehme meine Prinzessin in den Arm.

»Hey meine Süße. Wie geht es dir?«

»Gut, Daddy. Heute war es ganz toll in der Schule. Ich habe ein Bild gemalt und den ersten Preis im Wettbewerb gewonnen.«

»Wow, mein Liebling, das ist ja toll!« Sie kramt in ihrer Schultasche und zieht ein Blatt Papier heraus. Als ich das Bild näher betrachte, erkenne ich das Motiv sofort. »Sind das …«

»Ja. Das sind du, Emma und ich auf dem Rummel«, kichert Ava.

»Stimmt. Das habe ich mir gleich gedacht.« Ich bin also nicht der Einzige, der an diesen Tag zurückdenkt. »Du kannst es ihr morgen zum Geburtstag schenken, wenn du möchtest.«

»Glaubst du, sie würde sich darüber freuen?«

»Da bin ich mir ganz sicher.«

Als ich die Büroetage betrete, sehe ich sofort in Emmas Nische, da man vom Aufzug aus einen wunderbaren Blick darauf hat. Ich ertappe mich selbst oft dabei, dass meine Augen nach ihr Ausschau halten. Dort sehe ich sie. Emma trägt eine eng geschnittene Flanellbluse, dazu schwarze Jeans und Boots. Ihre

Haare fallen ihr offen über die Schultern, machen sie ungeheuer attraktiv. Es lässt mein Herz schwer werden. Unsere Blicke treffen sich und es ist wie immer. Die Erde beginnt, sich langsamer zu drehen, die Luft knistert selbst auf diese Entfernung und meine Haut prickelt, sehnt sich danach, sie zu berühren.

Doch etwas stimmt nicht. Ihre Augen sind noch trauriger, als ohnehin schon. Sie sieht aus, als würde sie jeden Moment in Tränen ausbrechen. Die Versuchung ist groß, einfach auf sie zuzugehen und sie in den Arm zu nehmen, doch ich kann mich gerade noch zurückhalten, kehre um und gehe eiligen Schrittes in mein Büro.

Kurz vor Feierabend kommt Vater mit Ava im Schlepptau ins Büro. Ich küsse sie auf die Wange und gebe Charles die Hand. »Wie läuft es mit dem Werbespot, Liam?«

»Sehr gut, Vater. Wir haben die Zusagen von Bradley Johnson und Karen Kerr erhalten. Sie sind *das* Paar in der Sportlerwelt. Er ist der erfolgreichste Turnierreiter in Amerika und Karen ein weltweit gefragtes Model, sie sind seit kurzem zusammen und zieren alle Titelblätter Amerikas.« Ich greife in eine Schublade und zeige ihm die neueste Ausgabe vom Zime Magazine, auf welchem Bradley und Karen posieren.

Vater nickt anerkennend. »Das ist ja wundervoll. Auf diese Weise nutzen wir ihre Publicity für unsere Zwecke, toll gemacht, Liam.«

»Danke Vater.«

Sein Blick schweift zu Sean und Ava, die gerade herumtollen und miteinander Fangen spielen. Er seufzt. »Ist dir auch aufgefallen, dass Sean sich total von uns abgewandt hat?« Verwirrt runzle ich die Stirn. *Worauf will er hinaus?* Langsam beginne ich, zu nicken. Ich will ihm nicht erklären, dass ich vielleicht der Grund dafür bin, dass er mit Emma nie zu Familienessen kommt. »Ich glaube, es steht nicht gut um Emma und Sean«, stellt er seufzend fest.

»Ach wirklich? Schade«, erwidere ich etwas sarkastischer als beabsichtigt.

»Du müsstest doch jetzt Purzelbäume schlagen vor Freude, oder?« Mir verschlägt es kurz die Sprache. *Woher …?* »Ach komm schon, Liam. Glaubst du, ich habe keine Augen im Kopf, nur weil ich alt werde? Ich sehe sehr wohl, wie sehr du sie liebst. Als Sean und du auch noch gestritten habt, habe ich eins und eins nur zusammenzählen müssen.« Es ist fremd, diese Worte aus dem Mund meines Vaters zu hören. Offensichtlich hat er nicht nur die Firma im Auge behalten. »Ich liebe Sean, aber ich denke, er tut Emma nicht gut. Du würdest besser zu ihr passen.«

Wieder nicke ich. Er redet mir aus der Seele, und es braucht keine weiteren Worte mehr. »Leider empfindet Emma nichts für mich, Vater.«

»Bist du dir da sicher?«

»Immerhin hat sie sich für Sean entschieden und nicht für mich.« Eindeutiger konnte sie es nicht machen, oder?

»Menschen machen Fehler, mein Sohn. Ich bin das beste Beispiel dafür, und glaube mir, wenn ich die Chance hätte, würde ich vieles anders machen.«

Ich denke noch über Charles' Worte nach, da erscheint Emma plötzlich im Büro und wird sofort stürmisch von Ava begrüßt. Meine Tochter überreicht ihr wie besprochen das Bild und Emmas Augen beginnen zu strahlen, dass mir das Herz aufgeht. Auf die Frage, woher Ava weiß, dass heute ihr Geburtstag ist, deutet meine Tochter mit dem Finger auf mich. Ich muss lächeln, als ich ihren überraschten Gesichtsausdruck sehe. Glaubt sie wirklich, ich wüsste nicht, wann sie Geburtstag hat?

Meine Hand wandert in meine Hosentasche, wo ich die kleine Schatulle mit ihrem Geschenk aufbewahre. Den ganzen Tag habe ich hin und her überlegt, ob ich es ihr wirklich geben soll oder nicht. Schließlich haben wir in den vergangenen Monaten kein gutes Verhältnis zueinander gehabt, kaum miteinander geredet. Aber vielleicht ist es an der Zeit, das endlich zu ändern.

Charles lädt Sean und Emma zu seinem Geburtstagsessen ein, aber Sean sagt sofort ab. Seine Augen wandern zu mir und bestätigen mir, was ich schon immer befürchtet habe. Sean sagt die gemeinsamen Essen und Familientreffen nur ab, um Emma von mir fernzuhalten. *Ist der Typ wahnsinnig? Merkt er denn nicht, dass er Emma mit seiner Eifersucht schadet? Sie ist ein absoluter Familienmensch!*

Mein Blick ruht auf Emma, die die Hände zu Fäusten ballt. Oh ja, sie kocht regelrecht. Ihr Mund ist nur eine schmale Linie, und ich befürchte, dass sie gleich explodiert. Sean wendet sich ihr zu, scheint es nicht einmal zu bemerken. »Wage es ja nicht, mit mir zu sprechen!«, blafft sie ihn an und stürmt hinaus.

»Toll gemacht.«

»Liam, was …!« Doch Vater schneidet ihm das Wort ab und will wissen, was mit ihm los ist, wieso er seine Familie meidet. Ich nutze die Chance und eile ihr nach.

Emma ist verdammt schnell, wenn sie wütend ist. Ich schaffe es kaum, Schritt zu halten. Vor ihrem Schreibtisch bleibt sie stehen, stützt ihre Hände auf der Kante ab und lässt den Kopf hängen. Ich nähere mich ihr langsam und bekomme mit, wie sie mit sich selbst spricht: »So kann es nicht mehr weitergehen. Ich ersticke.«

»Emma?«, sage ich leise und doch schreckt sie auf, als hätte ich sie angeschrien.

»Liam? Ähm … Hey«, flüstert sie verwirrt, sieht auf ihre Hände und vermeidet Blickkontakt.

»Alles okay?«

»Sehe ich aus, als wäre ich okay?«

»Nein, sorry, das war die falsche Frage.«

»Ich wollte dich nicht anblaffen. Es ist nur … Sean treibt mich in den Wahnsinn mit seiner verfluchten Eifersucht. Ich …«

»Ich weiß.«

Sie sieht verblüfft auf. »Woher? Ich habe niemandem …«

»Ich sehe es dir an, Emma«, flüstere ich. »Du hast dich verändert.«

»Das stimmt.«

Ich merke, wie sehr sie die Situation mitnimmt und sie kurz davor steht, in Tränen auszubrechen. Deshalb fälle ich den Entschluss und stelle mich dicht vor sie. Ihre Augen weiten sich, als wir uns nahe kommen, und ich merke, wie sie die Luft anhält, ohne mich jedoch von sich zu schieben. »Ich will dir den Abend nicht noch mehr vermiesen, aber möchte ich dir das hier geben. Happy Birthday.«

Ich hole die Schatulle aus der Hosentasche und überreiche sie ihr. Erst da bemerke ich, dass meine Finger zittern. Als wir uns berühren, jagt ein Stromstoß nach dem anderen durch meinen Körper und lässt mich scharf die Luft einziehen.

Sie öffnet zaghaft das Kästchen und ihre Reaktion trifft mich unerwartet. Ihre Augen leuchten. Nein, sie strahlen nicht nur, sie glühen geradezu. »Oh mein Gott, Liam!«, haucht sie, nimmt das Bettelarmband aus der Verpackung und sieht es sich genauer an.

Ich habe die Anhänger selbst ausgesucht. Ein Pferd, da sie gerne reitet und Pferde einen besonderen Platz in ihrem Leben haben. Ein Auto, das mich an ihren kleinen Flitzer und an unsere erste Begegnung erinnert. Dazu eine Mingvase, die sie an unser erstes Date in Mr Chens Castle erinnern soll. Ein Stöckelschuh für ihren gebrochenen Absatz, der sie in meine Arme fallen ließ. Dazu ein Anhänger, auf dem Lippen abgebildet sind,

53

der ihr unseren ersten Kuss ins Gedächtnis rufen soll, der mich bis heute nicht kaltlässt, und ein Herz, weil sie meines gestohlen hat.

Mit feuchten Augen sieht sie mich an. »Du … hast … Ich fasse es nicht … Du erinnerst dich an …«

»Alles, ja. Jede Erinnerung mit dir.« Ich schlucke, als sie das Armband umlegt und zärtlich darüberstreicht, als wäre es das Wertvollste, das sie besitzt.

»Danke Liam. Ich ….« Sie steht dicht vor mir, macht Anstalten, mich gerührt zu umarmen, doch Seans Erscheinen lässt uns auseinanderfahren, als hätten wir etwas Verbotenes getan. Erst jetzt bemerke ich die vor dem Aufzug stehende Traube an Mitarbeitern, die nach Hause wollen und auf den Fahrstuhl warten. Sie beobachten uns überrascht.

»Was ist hier los?«, fragt Sean wütend.

Emma reckt das Kinn. »Gar nichts ist los. Ich habe nur ein Geschenk bekommen.«

Mit einem abschätzigen Blick betrachtet er das Bettelarmband. »Das gefällt dir also mehr, als mein Geschenk. Es sieht aus, als wäre es vom Flohmarkt.«

»Genau auf diese Sachen stehe ich nun mal und nicht auf diese teuren Klunker von dir!«

»Ich fasse es nicht!«, zischt er und fährt sich aufgebracht durch die Haare.

»Ach vergiss es, Sean, ich habe keine Zeit für dieses Theater.«

Emma will an ihm vorbeigehen, doch Sean packt sie am Arm, zieht sie zu sich. »Du gehörst zu mir«, raunt er und zwingt Emma einen stürmischen Kuss auf. Vor der ganzen Belegschaft.

KAPITEL 8

Emma

Ich bin wie gelähmt. Der Schock sitzt derart tief, dass ich mich keinen Millimeter rühren kann. Mein Blut pulsiert in den Adern, geht über in ein Feuer, das sich in einen Vulkan verwandelt. Ich möchte es herausschreien, ihn beschimpfen, bleibe jedoch stumm. Meine Arme hängen schlaff herunter, während Sean mich küsst. Ich habe keine Kraft. Doch als Seans Zunge Einlass verlangt, werde ich wieder ich selbst, erwache aus der Trance und stoße ihn grob von mir.

Schwer atmend lege ich die Finger an meine geschwollene Lippe und funkele ihn an. »Was zum Teufel soll das, Sean?«, schreie ich, obwohl mir vollkommen bewusst ist, dass mich sämtliche Kollegen, die starr vor dem Aufzug stehen und uns beobachten, hören können.

Sean runzelt die Stirn. Scheinbar ist er verwirrt von meinem Wutausbruch. *Hat er den Verstand verloren?* Er weiß genau, wie wichtig mir die Geheimhaltung unserer Beziehung ist, und nun küsst er mich mitten im Büro und das aus reiner Eifersucht auf seinen Bruder!? Langsam nähert er sich mir, doch ich hebe abwehrend die Hände. Er bleibt tatsächlich stehen.

»Wie konntest du nur?« Meine Stimme ist nur ein gebrochenes Flüstern. »Du wusstest, wie wichtig mir ist, dass keiner das mit uns erfährt.« Zu tief sitzt die Enttäuschung.

»Emma, ich …bitte wein nicht.«

Weine ich? Mir ist gar nicht bewusst gewesen, dass mir dicke

Tränen die Wangen hinuntertropfen. Mir ist in letzter Zeit oft zum Heulen zumute, weil ich mit Sean einfach nicht glücklich bin. Das hier führt zu nichts. Seine Eifersucht macht mich und auch ihn selbst total kaputt. Sean bemerkt nicht mal, dass sich seine Familie von ihm vernachlässigt fühlt.

Wütend wische ich mir die Tränen weg. »Wir können nicht auf diese Weise weitermachen«, hauche ich, starre dabei auf meine Schuhe. Ich will ihm nicht wehtun, aber ich habe genug davon, immer nur darauf zu warten, dass alles besser wird. Es geht nicht mehr.

»Was … meinst du?« Seine Stimme zittert. Etwas, das ich von ihm nicht kenne.

Vorsichtig hebe ich den Blick und sehe in entsetzte Augen, die mich anflehen, meine Worte zurückzunehmen, die weiter verzweifelt hoffen, dass ich nicht das tun werde, was unvermeidlich ist. Nicht hier. Nicht jetzt. »Du und ich … Wir haben es versucht, aber wir wissen beide, dass diese Beziehung nicht funktioniert.«

Mit einem Mal wirkt er gebrochen, und ich kann selbst nicht glauben, was ich hier gerade mache. Mein Herz zieht sich schmerzlich zusammen. Dieser wundervolle Mann liebt mich, vielleicht zu sehr, sodass er mich vor lauter Zuneigung erstickt, es nicht mal bemerkt.

»Du gibst uns einfach auf? Weil meine Eifersucht einmal überschäumt? Das glaube ich nicht …«

Überrascht hebe ich die Brauen, spüre die brodelnde Wut in mir aufsteigen. »Einmal? Sean, du bist die ganze Zeit über ein eifersüchtiges Tier! Du lässt mich nicht mal mit deinem Bruder sprechen, ohne gleich sauer zu werden!«

»Du weißt, wieso ich mich früher derart verhalten habe.«

»Das war eine andere Situation. Liam will nichts mehr von mir. Wir sind nur Kollegen und werden es auch immer bleiben. Und trotzdem verhältst du dich nicht anders!« Sean kommt auf mich zu, greift nach meinen Händen, drückt sie sanft.

»Emma, mach das nicht, Baby. Lass uns in Ruhe darüber reden, wir können …«, wimmert er verzweifelt, klammert sich an jeden Strohhalm. Kurz sehe ich auf Liam, den diese Situation auch sehr mitzunehmen scheint.

»Es tut mir leid. Ich kann das nicht mehr.« Mit diesen Worten lasse ich Sean endgültig stehen, spüre Liams Blicke im Rücken und höre das Tuscheln der Kollegen. Das Desaster ist komplett – und ich am Boden zerstört.

»Aiden?«, schluchze ich ins Telefon, als ich auf der Couch sitze.

»Ach herrje, was hat Sean jetzt schon wieder angestellt?«

»Er hat mich geküsst!«

»Ähm … okay? Dafür braucht man keinen Waffenschein, Emma, und es ist vollkommen legal. Außerdem bist du seine Freundin, oder nicht? Also, was ist los?«

»Er hat mich geküsst – vor allen Kollegen im Büro. Und das nur, weil er verdammt noch mal eifersüchtig auf Liam war«, schniefe ich und putze mir die Nase. »Dabei habe ich doch nur sein Geschenk angenommen.« Ich sehe auf das wunderschöne Bettelarmband an meiner Hand.

»Ach du heilige Scheiße. Ist der Typ denn verrückt? Weiß er nicht, wie dich das dastehen lässt?« Ich höre, wie er tief ein- und ausatmet. »Wie hast du reagiert?«

»Ich habe mit ihm Schluss gemacht.«

»Wow, das ist heftig! Und wie geht es dir dabei?«

Ich seufze laut auf, versuche die richtigen Worte zu finden. »Es geht einigermaßen. Es hat sein müssen.«

»Ehrlich gesagt bin ich sehr froh, dass du dich von ihm getrennt hast.«

»Wie bitte?«

»Sorry Principessa, aber seit du mit Sean zusammen bist, wirkst du wie ein Zombie mit Speckröllchen.«

»Hey! Ich habe keine Speckröllchen. Ich bin auf Diät.« Schon seit zehn Jahren. Nur leider kommt mir jede Mahlzeit dazwischen.

»Ja klar, Diät. Was machst du gerade?«

»Ich sitze auf der Couch.«

»Was liegt neben dir?«

»Die Fernbedienung.«

»Und auf deinem Schoß?« *Mist, er ist verdammt gut!*

»Ein XXL Becher Schokoeis.«

»Das meine ich. Aber das ist gut.«

»Ja?«

»Das heißt, meine geliebte, quirlige und tollpatschige Emma lebt noch in der Roboterhülle.«

»Du bist echt doof«, sage ich lachend.

»Und ich bin noch dazu durstig. Also, Baby, schnapp dir deinen Koffer, pack ein paar sexy Outfits ein, wir fahren ein paar Tage weg.«

»Ich kann nicht einfach …«

»Doch, du kannst.«

»Aiden!«

»Nix da, Aiden. Mach dich fertig, ich bin in einer Stunde da. Und wenn du bis dahin nicht gepackt hast, werde ich dir deinen Koffer persönlich füllen, und zwar nur mit Tangas, sonst nichts.«

»Okay okay, du Tyrann.«

»Baby, Tyrann ist mein zweiter Vorname.«

»Wohin fahren wir?«, frage ich, als ich in seinem schwarzen Sportwagen sitze. Aiden hat schon immer eine Vorliebe für schnelle Autos gehabt. Dadurch, dass sein Vater Autohändler ist und mehrere Autohäuser besitzt, wechselt er sie ständig. Es ist mittlerweile zweiundzwanzig Uhr und ich habe noch immer keinen blassen Schimmer, wohin Aiden mich entführt.

»Wo bleibt dein Sinn für Abenteuer, Schätzchen?«

»Den hatte ich noch nie.«

Er seufzt laut auf. »Eine Tatsache, die wir unbedingt ändern müssen.«

Da vibriert schon wieder mein Handy. Genervt schaue ich aufs Display. Sean. Das wievielte Mal ist das jetzt? Das Achtzehnte? Augen rollend drücke ich ihn weg.

»Dein Boss schon wieder?«

Ich nicke. Kaum eine Minute später läutet es erneut. Ich will schon blind wegdrücken, doch dieses Mal ist es Liam. *Soll ich drangehen?* Bevor ich jedoch weiß, wie mir geschieht, nimmt Aiden mein Handy, lässt die Fensterscheibe runtergleiten und wirft es aus dem Fenster.

»Sag mal, hast du sie noch alle?«, schreie ich und schaue hinaus, in der Hoffnung, einen Anhaltspunkt zu finden, und es auf der Rückfahrt einsammeln zu können. Doch bei der Geschwindigkeit, die Aiden vorgibt, und der Schwärze der Nacht sehe ich natürlich rein gar nichts.

»Dieses Wochenende werden wir die alte Emma wieder zum Leben erwecken. Und damit uns das auch gelingt, müssen wir dich auf Abstand zu diesen Coleman Männern halten.«

»Und dafür musst du mein Handy aus dem Fenster werfen?«, brülle ich ihn an und verschränke die Arme vor der Brust. »Wir hätten es einfach ausmachen können!«

»Ich kaufe dir morgen ein Neues. Allerdings nur, wenn du dich auch an die Regeln hältst.«

»Regeln?« *Was hat er vor?*

»Pst, unterbrich den Meister nicht. Sie gelten die ganze Fahrt über, später werde ich neue aufstellen. Also Regel Nummer

59

eins: Es ist verboten, über Sean zu sprechen, ihn auch nur zu erwähnen.«

»Das hatte ich eh nicht vor.«

»Nummer zwei: Es ist verboten, mit ihm oder einem anderen Coleman Kontakt aufzunehmen.«

»Liam auch nicht?« Er sieht mich tadelnd an. »Gerade Liam nicht. Also still. Regel Nummer drei: Tequila, Tequila, ach ja und noch mehr Tequila.« Ich glaube mich verhört zu haben.

»Ich trinke bestimmt keinen Tequila im Auto!«, entgegne ich schockiert.

»Okay okay, diese Regel gilt dann eben, wenn wir in der Bar angekommen sind.«

»Du findest, Alkohol ist das beste Heilmittel?«

»Na ja, der Hochprozentige hat dich erst in diese Lage gebracht. Wärst du damals nicht betrunken gewesen, hättest du vielleicht nie mit Sean geschlafen. Und so weiter und sofort.«

»Na gut. Aber ich muss dich jetzt nicht Meister nennen, oder?«

»Heute ausnahmsweise nicht«, erwidert er breit grinsend und drückt das Gaspedal durch.

»Emma. Wir sind da«, flüstert Aiden mir ins Ohr. Hundemüde öffne ich die Augen und bereue es sofort. Um mich herum leuchtet alles strahlend hell. Als sich meine Pupillen an die Helligkeit gewöhnt haben, sehe ich mich genauer um. Wir stehen auf einem Parkplatz, fast im Stadtzentrum, wie es scheint. Überall huschen Menschen umher und scheinen in Feierlaune zu sein. Als ich das Gebäude vor mir erkenne, weiß ich sofort, wo wir sind.

»Atlantic City?«, rufe ich verblüfft, und Aiden strahlt. Wir waren seit unserer Abschlussfeier vom College nicht mehr hier. Damals feierten wir die Nächte durch. An das Meiste kann ich mich nicht mal erinnern.

»Na klar. Nirgendwo kann man sich schneller und besser ins Koma trinken«, sagt er lachend und steigt aus. Das Borgia Atlantic Hotel ist eine gemütliche Mittelklasse Unterkunft. Das Foyer und das gesamte Hotel sind im karibischen Flair eingerichtet. Nach dem Einchecken betreten wir müde von der dreistündigen Fahrt unser Zimmer, das wir damals auch gebucht hatten. Die Wände sind in einem Ockergelb tapeziert, sämtliches Mobiliar in dunklem Holz gezimmert.

Während ich lächelnd in alten Erinnerungen schwelge, sieht Aiden mich grinsend an. »Das habe ich vermisst.«

Verwirrt hebe ich eine Braue. »Was denn?«

»Dein wunderschönes Lachen.«

Meine Mundwinkel wandern erneut nach oben und ich danke Gott dafür, dass ich diesen nervigen, launischen und zynischen Mann meinen besten Freund nennen darf.

KAPITEL 9

Emma

»Also, Principessa.« Aiden klatscht laut in die Hände, nachdem der Page das Zimmer verlassen hat. »Heute Nacht beginnt das Projekt *Bring back Emma Reed*. Bist du bereit?«

Ich verschränke theatralisch die Arme vor der Brust. »Findest du nicht, dass du ein wenig übertreibst?«

Er kommt auf mich zu, bleibt dicht vor mir stehen und drückt meine Schulter. »Nein, ich übertreibe nicht. Noch eine Regel: Du darfst die Absichten des Meisters nicht infrage stellen. Verstanden?« Er grinst breit und sieht mich herausfordernd an.

»Wenn es unbedingt sein muss«, antworte ich und seufze ergeben.

»Braves Mädchen. Bevor es aber losgeht, springe ich schnell unter die Dusche«, erklärt er mir, während er in seinem Koffer nach Klamotten kramt. Auch ich ziehe mich schnell um und versuche diesen schrecklichen Geburtstag zu verdrängen. Aiden verlässt, perfekt gestylt wie immer, das Badezimmer und weist mich an, ihm zu folgen. Als wir die Hotelbar betreten, ist diese schon rappelvoll. Überall Menschen in Anzügen, Cocktailkleidern und schicken Klamotten. Ich komme mir in Jeans und Bluse underdressed vor und ziehe in Betracht, schnell aus dem Raum zu flüchten.

»Hier geblieben, Principessa«, sagt Aiden und zieht mich am Ellbogen mit zur Bar. *Kann er etwa Gedanken lesen?* »Zwei Tequila.« Der Barmann nickt und bereitet die Drinks zu. Wäh-

62

renddessen sehe ich mich um. Es hat sich in den letzten Jahren nicht viel verändert. Die Theke ist moderner als früher, aus edlem Nussholz gezimmert, mit limettengrünen Lichtspots unter der Arbeitsplatte. Die Einrichtung erinnert an karibisches Flair: Rattanmöbel, bequeme Polsterung und überall stehen exotische Blumen. Es ist, als wären wir im Urlaub in der Karibik.

»Bitteschön, mein Hübscher.« Der Barmann zwinkert Aiden zu und stellt unsere Shots auf die Theke. *Wie zum Teufel macht er das?* Kaum ist ein Homosexueller in der Nähe, wird Aiden von ihm angeflirtet. Dieser Effekt, den er auf andere Menschen ausübt, ist wirklich beneidenswert.

»Nun, meine Süße. Hiermit erkläre ich dir das Coleman-Besäufnis.«

»Wie bitte?«, frage ich entsetzt. *Allein der Name lässt schon nichts Gutes erahnen.*

»Ich möchte, dass du über dein Leben berichtest, seitdem du bei *Coleman & Sons* angefangen hast. Ich will, dass du dir den ganzen Ballast der letzten Monate endlich von der Seele redest.«

»Und wozu der Tequila?« Mit einem Nicken deute ich auf die Drinks.

»Nun, wir wollen es Ihnen ja nicht zu leicht machen, Miss Reed«, meint er schmunzelnd. *Dieser elende Mistkerl!*

»Spuck es schon aus!«

»Immer die Ungeduld in Person.« Er grinst neckisch. »Nun. Du darfst bei diesem Spiel die Worte *Sean*, *Liam*, *Coleman* und *Boss* nicht verwenden. Sobald du das doch machst, musst du auf ex das Glas leeren.«

Meine Augen weiten sich. *Will er mich etwa verarschen?* »Sonst geht's dir noch gut, oder?«

Er lacht laut auf, schnappt sich ein Schnapsglas und reicht es mir. »Klar und ich bin mir der Ironie des auf EX Trinkens sehr wohl bewusst.«

Dieser Typ hat ja echt Nerven. An meinem Geburtstag hat mich mein Freund vor allen Kollegen geküsst und unsere heimliche Beziehung offenbart. Sein Bruder hat mir das wohl schönste Geschenk, das ich je bekommen habe, gemacht. Meine Gefühle für ihn, habe ich nach wie vor nicht im Griff. In meiner Wut habe ich mit Sean Schluss gemacht und bin aus New York geflohen. *Und nun soll ich mich betrinken und noch mal die Hölle der vergangenen Wochen durchleben?*

Skeptisch sehe ich auf den Tequila in meiner Hand und dann auf meinen besten Freund. Aiden lächelt mich an, wackelt mit den Brauen auf und ab, und steckt mich mit seiner guten Laune an. Hm, wenn ich es mir genau überlege, ist das wohl keine schlechte Idee, sich den Frust von der Seele zu reden, und ein wenig Alkohol kann auch nicht schaden, oder? Lachend schüttle ich den Kopf und schütte mir den Shot in den Rachen. *Ach was soll's! Was habe ich schon zu verlieren?* Zu lange habe ich nicht mehr gefeiert und vielleicht kann man diesen elenden Geburtstag noch retten. »Na dann, mein Geburtstagskind. Lassen wir die Puppen tanzen!«

Nach Stunden des Jammerns und vielen, vielen Shots, bin ich ein offenes Buch für Aiden.

»Isch meine der war immer tyrannisch und eifersüchtisch. Dauernd hingen wir in seiner Wohnung ab. Sooo langweilisch«, lalle ich unkontrolliert, starre auf Aiden und seinen Zwilling und erzähle, was mich an meiner gescheiterten Beziehung gestört hat.

»Was würdest du ihm jetzt sagen, wenn er hier neben dir stünde?«, fragt mich Aidens Zwilling. *Moment mal?* Er ist doch Einzelkind. Ich schüttle den Kopf.

»Isch würde schagen: Schean, du muscht lockerer werden, Sex ist nischt immer Antwort auf allesch. Ich habe einen Fehler gemascht. Ich hätte mich für Liam entscheiden schollen.« Müde lege ich den Kopf auf die Theke. Mir ist schlecht. Alles dreht sich und ich wünsche mir nichts mehr, als in Liams Armen zu liegen. *Was? Moment! Was?*

»Emma, ist alles in Ordnung?«, fragt mich Aiden und streicht über meinen Oberarm.

Genervt hebe ich den Kopf und werfe ihm einen vernichtenden Blick zu. »Das fragscht du mich ernsthaft, nachdem du misch geswungen hascht, den ganzen Alkoholbeschtand von Atlantic City auschzutrinken?« Meine Stimme trieft vor Sarkasmus.

Aiden lacht lauf auf. »Ich finde, das Coleman-Besäufnis war ein voller Erfolg. Du bist endlich wieder du selbst. Meine Emma.«

»Ja, ja du elender Mist-« Plötzlich wird mir speiübel, ich presse die Handflächen auf den Mund und renne panisch aus der Hotelbar, direkt raus zur Straße. Ich atme die frische, kühle Nachtluft ein und fahre mir müde übers Gesicht. Mit jedem Atemzug geht es zwar meinem Magen besser, doch mein Kopf droht mit einem Mal zu platzen. Alles dreht sich, sodass ich gezwungen bin, mich an die Wand zu lehnen, um nicht umzukippen. »Verdammter Aiden, verfluchter Tequila … und diese Colemans!«, schimpfe ich vor mich hin und merke erleichtert, dass ich nicht mehr lalle.

Meine Gedanken sind wirr, doch mit der Zeit sehe ich nur diesen einen Mann. Türkise Augen, sinnlicher Mund und männliche Statur. »Liam.« Ich seufze. Mein Herz wird schwer vor Sehnsucht. Ich will Liam endlich sagen, was ich für ihn empfinde.

Wie von selbst bewegen sich meine Füße zur Rezeption. Ich lasse mir von der Dame hinter dem Tresen ein Telefon reichen und ich wähle die Nummer. Liams Nummer.

Helles Sonnenlicht blendet mich, als ich versuche, die Augen zu öffnen. *Blöde Sonne, wieso musst du auch scheinen.* Zu meiner Stimmung würde ein Regentag passen. Mein Kopf dröhnt, in meinen Ohren rauscht es und meine Hände zittern. *Coleman-Besäufnis?* Aiden wird dafür bezahlen – und zwar teuer.

So sehr ich mich auch anstrenge, ich kann mich an die vergangene Nacht nicht erinnern. Es ist, als wäre nur Nebel in meinem Kopf, der sich in schmerzlichen Wellen in alle Richtungen ausbreitet und die Erinnerungen versteckt hält. Doch dieser löst sich auch nach einigen Augenblicken nicht auf.

Die Tür wird sachte geöffnet. Aber ich sehe nicht auf, strafe Aiden damit, dass ich ihn nicht beachte. Ich liege noch immer im Bett, starre an die Decke und wünsche mir mein Gedächtnis zurück. Das Bett senkt sich neben mir, als sich Aiden auf die Bettkante setzt. »Na, wie fühlst du dich?«

»Als hätte mich ein Laster überfahren, ein Bär zerstückelt und eine irische Tanzgruppe auf meiner Leiche Riverdance nachgespielt.« Selbst meine eigenen Worte schmerzen. Vielleicht sollte ich gar nicht mit ihm reden. Er ist schließlich schuld daran!

Aiden lacht und streicht mir über die Schulter. »Genauso soll es auch sein.«

Langsam hebe ich den Kopf und sehe in Aidens graue Augen. Er meint das absolut ernst. »Ich kann mich an nichts von gestern erinnern. Hab nen totalen Filmriss.«

Mein bester Freund grinst wissend, senkt den Blick, als wäre er nicht sicher, ob er etwas verraten solle. Oh Mist, etwas muss vorgefallen sein! »Vielleicht ist es auch besser, wenn du nichts mehr von letzter Nacht weißt.«

»Oh Gott. Nein. Was hab ich getan?«, frage ich panisch.

»Na ja, du wolltest an die frische Luft gehen oder sollte ich sagen, du bist aus der Bar gerannt, weil dir schlecht war? Als ich dir später nachgegangen bin, habe ich dich erwischt, wie du mit Liam telefoniert hast.«

Ich erstarre. Mein Herz rutscht mir in die Hose und ich habe das Gefühl, als würde ich jeden Moment in Ohnmacht fallen. »Was habe ich gesagt?«, frage ich in der Hoffnung, dass er das ganze Gespräch gehört hat. »Aiden, verdammt! Was habe ich zu Liam gesagt?«

»Ich habe nicht viel gehört. Nur, dass du ihm gesagt hast, dass du ihn vermisst.«

Mir wird heiß und kalt, schwarze Punkte tanzen vor meinen Augen und ich fahre aus dem Bett hoch. Leider bin ich zu schnell aufgestanden, sodass mir schwindlig und schlecht zugleich ist. Ohne ein weiteres Wort laufe ich ins Bad und übergebe mich.

KAPITEL 10

Liam

Mein Bruder küsst die Frau, die ich liebe stürmisch, lässt mich vor Eifersucht kochen. Ein Stich erfasst mein Herz und ich spüre, wie es blutet und nach der Liebe der Frau lechzt, die ich nicht haben kann. Der Schmerz zwingt mich fast in die Knie, währenddessen ich vor Neid erzittere. Ich presse die Lippen aufeinander, will gehen. Sie erwidert diesen Kuss nicht, sondern wirkt wie erstarrt. Enttäuscht, dass mein Bruder die Situation wohl erneut durch seinen Sex-Appeal gerettet hat, wende ich mich zum Gehen, doch plötzlich stößt Emma Sean von sich. Die beiden streiten sich, vor der ganzen Belegschaft, und scheinen nicht zu merken, dass sie beobachtet werden. Beide werfen sich all die Sachen an den Kopf, die sie in den letzten Wochen gestört haben.

Als Emma dann auch noch anfängt, zu weinen, muss ich mich zusammenreißen, um sie nicht in die Arme zu schließen. Ich möchte ihr die Stütze sein, die sie braucht, doch dazu komme ich gar nicht. Sean scheint völlig überfordert mit ihren Tränen zu sein. Die Mitarbeiter, die auf den Aufzug warten, sind schockiert, scheinen aber nicht einmal auf die Idee zu kommen, in den längst angekommenen Fahrstuhl einzusteigen. *Das wird ein Getratsche geben!*

Natürlich habe ich es vorausgesehen, dass die Beziehung zwischen Emma und Sean nicht lange halten würde, dafür sind sie einfach zu verschieden und wünschen sich zu unterschiedliche

Dinge im Leben. Trotzdem empfinde ich Mitleid mit meinem Bruder. Er ist dabei, die erste Frau zu verlieren, die er je geliebt hat – und er hat es die ganze Zeit über nicht einmal kommen sehen.

»Das war eine andere Situation. Liam will nichts mehr von mir. Wir sind nur Kollegen und werden es auch immer bleiben. Und trotzdem …!« Als ich diese Worte von Emma höre, krampft sich mein Innerstes zusammen. *Wie kann sie das sagen? Spürt sie denn nicht, wie sehr ich mich nach ihr verzehre?* Klar, ich bin ihr in den vergangenen Monaten aus dem Weg gegangen, aber doch nur, weil sie es wollte, nicht ich. Als Emma mir damals sagte, sie habe sich für Sean entschieden, war ich am Boden zerstört. Trotzdem hatte ich immer das Gefühl, dass es noch nicht vorbei ist. Völlig durch den Wind macht Emma mit Sean Schluss, schnappt sich ihre Sachen und flüchtet aus dem Büro.

Nun liege ich auf der Couch, die Hände hinter dem Kopf verschränkt, und starre seit Stunden an die Decke. Emma und auch Sean tun mir leid. Beide haben verbissen an ihrer Beziehung festgehalten. Natürlich habe ich als Nebenbuhler immer gehofft, Emma würde sich für mich entscheiden, doch Sean gebrochen und enttäuscht zu sehen, hat mich ernüchtert.

Wie es ihr wohl geht? Um zweiundzwanzig Uhr habe ich versucht, sie zu erreichen, wollte einfach wissen, ob es ihr gut geht. Ich hoffe, dass sie sich einigermaßen gefangen hat. Ihrer sensiblen Art nach, wird sie sicher aufgelöst mit Aiden reden.

Mein Blick gleitet zu meinem Smartphone. Verdammt, es ist bereits drei Uhr früh und an Schlaf ist einfach nicht zu denken. Hastig stehe ich auf, fahre mir durchs Haar und gehe in die Küche. Nachdem ich ein kleines Sandwich gegessen habe, beschließe ich, doch ins Bett zu gehen. Da läutet mein Telefon. Ich sehe auf das Display. Eine unbekannte Nummer. Unsicher, ob ich abheben soll oder nicht, gebe ich mir schließlich einen Ruck und drücke auf den grünen Hörer. »Hallo?«

Ich kann jemanden laut atmen hören. Es klingt sogar beinahe eher wie ein Schnaufen. Gerade als ich auflegen und es als Scherzanruf abstempeln will, höre ich jemand meinen Namen flüstern. *Emma!* »Emma?«, frage ich, obwohl ich mir sicher bin, dass sie es ist.

»Mein Mund klingt schön aus deinem Namen«, säuselt sie.

»Was?«

»Weißt du eigentlich, dass ich gerade ein Coleman-Beschäufnis hinter mir habe?« *Was ist denn ein Coleman-Besäufnis?*

Da beginnen alle Alarmglocken, zu schrillen, und ich bekomme Panik. *Wo ist sie? Ist sie allein?* »Emma, bist du betrunken? Wo bist du? Ich hole dich ab.«

Sie denkt jedoch nicht daran, mir zu antworten, sondern redet weiter. »Du hattest recht mit Sean, recht mit mir. Das weiß ich jetzt.« Ihre Stimme klingt ein wenig klarer.

»Ach ja?«

»Ja. Sean konnte mich nicht glücklich machen«, haucht sie in den Hörer, und ich schließe die Augen. Ich spüre ihren Schmerz, ihre Verzweiflung und auch ihre Gefühle für mich. Ich wäre jetzt gern bei ihr, würde versuchen, ihr Halt zu geben und den Schmerz verblassen zu lassen.

»Es tut mir leid, Emma. Alles.«

»Ist okay. Es war gut, dass ich es beendet habe. Nur habe ich Angst vor dem Klatsch im Büro. Das ist alles seine Schuld«, flüstert sie, und ich befürchte, dass sie wieder weint.

»Lass sie reden. Die Hauptsache ist, dass es dir gut geht. Ich möchte, dass du glücklich wirst.« Ich höre ihr helles Lachen und mein Herz geht auf. Ich liebe diese Frau, einfach alles an ihr. Und es wird Zeit, ihr das zu beweisen. »Emma, wo bist du?«

»Ich vermisse dich Liam. Ich …«

»Emma, was zum Teufel tust du denn da?«, höre ich Aidens Stimme. Plötzlich kracht es laut durch den Hörer, dass ich das Handy vom Ohr weghalte. Als es scheinbar aufgehört hat, lausche ich wieder und höre, wie Emma mit Aiden streitet. Was sie sagen, kann ich jedoch nicht verstehen.

Plötzlich meldet sich eine weibliche Stimme. »Hallo? Ist da noch jemand?«

»Ja, hier spricht Liam Coleman. Sagen Sie mir doch bitte, von wo mich meine Freundin eben angerufen hat.«

»Oh, natürlich. Ihre Freundin hat im Borgia Atlantic Hotel in Atlantic City eingecheckt, Sir.«

»Danke.« Ohne auf eine Antwort der Hotelangestellten zu warten, lege ich auf. *Sie vermisst mich!* Eine Freude breitet sich in mir aus, wie ich sie schon seit Monaten nicht mehr erlebt habe. Die Sehnsucht nach Emma fließt unerträglich heiß durch mein Blut, doch ich weiß jetzt, dass es ihr gut geht, schließlich ist Aiden bei ihr und sie braucht Zeit für sich.

Mit einem breiten Lächeln will ich mich schlafen legen, als es plötzlich an der Haustür läutet. *Wer will um diese Uhrzeit denn noch etwas?* Als ich zur Sprechanlage gehe und den Knopf drücke, höre ich die vertraute Stimme meines Bruders. »Liam? Bis du da?«

»Sean? Es ist drei Uhr morgens! Wo sollte ich sonst sein?«

»Ist sie bei dir?«, fragt er mit gebrochener Stimme.

»Was?« *Er denkt tatsächlich …?* »Herrgott nein!« Ich wollte ihm die Freundin streitig machen, doch niemals bin ich niveaulos und würde versuchen Stunden nach der Trennung, Emma für mich zu erobern.

»Liam, ich …«

»Komm erst mal hoch.« Ich drücke auf den Summer und warte im Türrahmen auf meinen Bruder. Als ich ihn mit geröteten Augen sehe, fühle ich mich schrecklich.

71

Nachdem wir uns kurz begrüßt haben, nehme ich ihn in den Arm und klopfe ihm brüderlich auf die Schulter. Ich biete ihm ein Bier an, doch er schüttelt nur den Kopf, setzt sich auf die Couch und verhakt die Hände ineinander.

»Wie geht's dir?«, frage ich ihn, obwohl ich es mir schon denken kann.

»Ich mache mir Sorgen.«

»Wieso Sorgen?«

»Ich kann Emma einfach nicht erreichen. Sie ist nicht in ihrer Wohnung und auch nicht bei Aiden. Bei ihren Eltern hat sie sich auch nicht gemeldet.« Sean ist total aufgelöst. »Ich habe einfach Angst um sie. Ich muss wissen, ob es ihr gut geht. Du weißt genau, wie tollpatschig sie ist.« *Verdammt! Wie wird er wohl reagieren, wenn er erfährt, dass Emma mich gerade angerufen hat?* Aber ich kann es ihm nicht verheimlichen, er ist schon krank vor Sorge.

»Emma geht es gut. Sie ist mit Aiden unterwegs.«

Seine Augen suchen die meinen und Argwohn flackert darin auf. »Woher weißt du das?«

»Sie hat mich eben betrunken angerufen.«

Ich sehe, wie sein Kiefer mahlt, doch er sagt nichts dazu. Sean reibt sich die Hände, ist in Gedanken versunken. Ich habe meinen Bruder noch nie so gesehen, nicht seit Mom gestorben ist. Schließlich steht er auf und kommt auf mich zu. »Wo genau ist Emma? Bist du sicher, dass es ihr gut geht?«

»Sie ist in Atlantic City im Borgia und ja, ihr geht es gut, wie es nach einer Trennung eben geht. Zwar wird sie sicher einen Mordskater haben, aber das wird schon.«

»Danke«, sagt er entschlossen, drückt mir kurz die Schulter und verlässt meine Wohnung. *Verdammt, was hat er vor?*

KAPITEL 11

Emma

Nachdem ich mir die Seele aus dem Leib gekotzt habe, wische ich mir gar nicht ladylike den Mund mit dem Handrücken ab. Mit glasigen Augen lehne ich meinen Kopf auf den zugeklappten Toilettendeckel und schließe gequält die Lider. Mir ist noch immer schlecht.

»Nie wieder Alkohol!«, jammere ich und suhle mich in Selbstmitleid. *Dieser fiese Aiden, dafür soll er bezahlen!* Wie viele Jahre Gefängnis stehen eigentlich darauf, wenn man seinen besten Freund mit dem Auto überfährt? Ich stehe kurz davor es herauszufinden.

»Na, Principessa, Lust auf ein deftiges Frühstück? Wir haben im Wohnzimmer Speck, Eier, Lachs und Omelett.«

Alleine die Vorstellung von dem vielen Essen lässt mich erneut würgen. Ohne die Augen zu öffnen, trete ich mit dem Fuß in die Richtung, in der ich meinen besten Freund vermute. Doch ich treffe nicht. *Leider!* Widerwillig öffne ich schließlich die Augen und versuche, den Kopf so langsam wie möglich zu heben. Jeder Muskel, nein, jede Faser meines Körpers tut weh. Als ich vom Boden kniend aufsehe, blicke ich in Aidens vor Schadenfreude grinsendes Gesicht.

»Wieso bin ich eigentlich mit dir befreundet? Du quälst mich immerzu, lässt mich ganz allein den ganzen Alkohol von New Jersey austrinken. Hast du denn gar kein Mitleid?«, frage ich, versuche mich aufzurichten und scheitere zweimal kläglich.

Schnell recke ich den Kopf, um ihm nicht zu zeigen, wie peinlich mir meine Hilflosigkeit ist.

»Na, kommen wir nicht auf die Beine, Eure Hoheit?« Ich könnte erneut kotzen. Trotzig begegne ich seinem amüsierten Blick und verschränke die Arme vor der Brust.

»Ist eigentlich schön hier. Der Boden und ich – wir sind eins, lieben einander. Vielleicht werde ich hier auf diesem Boden sogar heiraten, also verschwinde und lass uns alleine!«, zische ich und deute mit dem Finger zur Tür.

»Na gut, dann lass ich euch zwei mal alleine. Stellt ja keine Schweinereien an.«

»Raus!«, brülle ich, deute mit dem Finger zur Tür und bereue es gleich wieder, laut gewesen zu sein, denn mein Kopf wird von heftigen Schmerzen heimgesucht.

Er hebt abwehrend die Hände und lacht laut. Nachdem er mich endlich alleine lässt, stehe ich auf, was mir auf Anhieb gelingt, und starre auf die kalkweiße Frau im Spiegel, die gar nicht ich zu sein scheint. Die Wimperntusche ist verlaufen, der Lippenstift verschmiert. Ich gleiche einem Poltergeist!

Kopfschüttelnd drehe ich den Wasserhahn auf, forme mit den Händen eine Schüssel und schütte mir das eiskalte Wasser ins Gesicht. Es ist belebend und hilft mir ein wenig gegen den Kater. Ich greife mir mit den nassen Händen in den Nacken, der verspannt ist. »Was habe ich nur getan?«, frage ich mein Spiegelbild, doch es hat auch keine Antwort parat.

Ich habe Liam angerufen und weiß Gott was geplappert. Aiden hat nur gehört, dass ich sagte, ich vermisse ihn. *Was war vorher?* Habe ich ihm gesagt, dass ich es bereue, mich damals nicht für ihn entschieden zu haben? Mist verdammter, wieso hat Aiden mich nicht aufgehalten? Wie soll ich Liam je wieder unter die Augen treten? Generell wird mein Arbeitsalltag die Hölle werden. Die Kollegen werden über mich tratschen, Sean wird mich meiden, wenn nicht gar kündigen, und Liam … tja, was mit Liam ist, weiß ich nicht, aber eines ist sicher. Nie wieder werde ich etwas mit einem Coleman anfangen!

Um zwanzig Uhr betreten wir die Hotelbar. Mittlerweile bin ich wieder nüchtern und einigermaßen fit. Ich habe akzeptiert, dass ich die Zeit nicht zurückdrehen kann, und versuche, das Beste aus diesem spontanen Kurzurlaub zu machen.

»Na Süße? Lust auf Tequila?«, fragt Aiden ganz ungeniert mit einem neckischen Grinsen im Gesicht und mir droht, die Galle hochzukommen. Alkohol und ich sind auf Kriegsfuß, für mindestens zwei Wochen.

Eilig schüttle ich den Kopf, haue ihm mit der Faust auf die Schulter, setze mich neben Aiden auf den Barhocker und bestelle einen alkoholfreien Cocktail.

»Geht's wieder?«, fragt mich Aiden nun ernster und streicht mir über den Oberarm.

Na bitte, er kann doch auch nett sein und nicht der Tyrann, der er sonst immer ist. »Ja, mir geht's gut. Ich versuche einfach, das Beste daraus zu machen. Vielleicht war mein Gespräch mit Liam gar nicht so schlimm, wie ich befürchte.«

»Das hoffe ich auch. Hast du es ernst gemeint?«

»Was meinst du?«

»Na, dass du Liam vermisst.«

Ich beiße mir auf die Unterlippe, versuche die richtigen Worte zu finden. »Vielleicht, aber das tut nichts zur Sache. Ich werde fortan einen großen Bogen um die Colemans machen.«

Aiden nickt und bestellt sich ein Bier. Heute ist es an mir, auf ihn aufzupassen, und er darf ein wenig über die Stränge schlagen.

Die Stimmung im Borgia Atlantic ist ausgelassen. Die Menschen feiern, tanzen und trinken ausgelassen. Ich tue es ihnen gleich, nur auf die Drinks verzichte ich. Nach meinem Besäufnis gestern, ist mir die Lust auf Hochprozentiges vergangen. Aiden hat sich mittlerweile einen Typen geangelt und flirtet mit ihm um die Wette, während ich die Ruhe genieße und alleine mit meinen Gedanken bin. Die Eroberung meines besten Freundes wirkt wie das genaue Gegenteil von ihm. Lange Haare, breite Statur und ein Vollbart. Aiden allerdings hatte noch nie ein bestimmtes Beuteschema. Er schnappt sich die Typen, die ihm gefallen, egal ob sie unterschiedlich sind oder nicht.

»Hey. Darf ich dir Gesellschaft leisten?« Ich sehe von meinem Glas auf und treffe auf karamellfarbene Augen. Der junge Mann scheint ungefähr in meinem Alter zu sein. Kurz mustere ich ihn, sehe auf schwarze kurz geschorene Haare, die perfekt zu seinem Typ passen. Sein dunkler Teint und markantes Gesicht lassen mich einen Lateinamerikaner vermuten. Kurz sehe ich rüber zu Aiden, der anscheinend vergessen hat, dass seine beste Freundin anwesend ist, und deute mit der Hand auf den freien Barhocker. »Klar, mein bester Freund scheint gerade sehr beschäftigt zu sein«, erwidere ich scherzend und er folgt meinem Blick.

Lächelnd wendet er sich mir wieder zu und reicht mir höflich die Hand. »Mein Name ist Diego. Ich bin ursprünglich aus Ohio und hier im Urlaub.«

»Freut mich, ich bin Emma und komme aus New York. Ich versuche, hier nach einer hektischen Woche zu entspannen.«

Diego erklärt mir, dass er mit seinem besten Freund hier ist, der jedoch mit einer Grippe im Bett liegt. Er ist witzig, interessant und glücklich vergeben. Die Hochzeit, mit seiner Rosa, wie er sie liebevoll nennt, wird in zwei Monaten stattfinden.

Mein Magen knurrt und ich sehe verzweifelt zu Aiden, der anscheinend mit seiner Eroberung aufs Zimmer gegangen ist. *Na, das ist vielleicht ein toller Freund!* Kopfschüttelnd greife ich nach der Schale mit den Snacks, doch die Erdnüsse sind bereits aufgegessen.

»Hast du Hunger?«, brüllt Diego, da die Musik mittlerweile Klublautstärke erreicht hat, sodass man sich gar nicht mehr richtig unterhalten kann. Als ich nicke, schenkt er mir ein breites Grinsen. »Komm, lass uns im Restaurant einen Happen essen gehen. Dann muss ich mich um meinen Freund kümmern und meine Verlobte anrufen.«

Ich stehe auf und schlängle mich durch die tanzende Menge. Doch weit komme ich nicht, denn jemand stößt mich, sodass ich taumle und fast auf den klebrigen Boden falle. Doch in letzter Sekunde schafft Diego es, mich zu halten. Ich liege in seinen Armen und bin froh, nicht gestolpert zu sein. Was normalerweise meine Spezialität ist.

»Alles in Ordnung?«, fragt Diego erschrocken.

Ich nicke hastig und versuche, zu lächeln, doch mit einem Mal spüre ich Blicke auf mir, die mich sofort in Alarmbereitschaft versetzen. Verwirrt sehe ich mich um, doch lange muss ich nicht suchen. Neben der Bar, wo Diego und ich noch gesessen haben, stehen nun Liam und Sean, die mich entgeistert anstarren. *Kann mich mal bitte jemand kneifen, denn das kann doch nur ein verdammter Albtraum sein! Was haben die beiden hier verloren?*

KAPITEL 12

Emma

Ein Blitz durchzuckt mich, lässt meinen Körper erst brennen wie Feuer und dann genauso schnell wieder abkühlen. Mein Herz pumpt im Takt der schnellen Klubmusik, aber ich fühle mich dennoch wie gelähmt. Gebannt starre ich auf meine beiden Bosse und glaube zu träumen. Ein Stechen in meinen Schläfen lässt Übelkeit in mir aufsteigen.

»Emma? Ist wirklich alles in Ordnung?«, fragt Diego erneut, doch ich schaffe es nicht, ihm zu antworten. Sean läuft auf uns zu. Ich ahne das Schlimmste, löse mich schnell aus den Armen meiner Barbekanntschaft und möchte Sean besänftigen, ahne ich doch, dass seine Eifersucht überhand gewinnt.

Ich habe jedoch keine Chance, da er schnurstracks an mir vorbeigeht, Diego am Kragen packt und ihn in die Höhe zieht. »Wie kannst du es wagen, deine dreckigen Hände an meine Freundin zu legen!?«, brüllt er so laut, dass sich einige Barbesucher nach uns umdrehen.

Tränen sammeln sich in meinen Augen, denn ich schaffe es einfach nicht, Sean zu beruhigen. Ich zerre an seinem Oberarm. »Bitte, Sean, das war ein Missverständnis. Ich bin …«

Liam stellt sich neben mich, schiebt mich sachte aber bestimmt zur Seite und redet auf seinen Bruder ein. Ich merke, wie Sean nickt, Diego runterlässt und der arme Kerl panisch die Flucht ergreift.

Völlig fassungslos sehe ich auf Sean, der sich mir zuwendet. Er ist stinksauer, doch nicht annähernd so wütend wie ich. Gepackt von Zerstörungswut eile ich auf ihn zu, tippe ihm hart mit dem Zeigefinger auf die Brust. »Sag mal, hast du sie noch alle? Was fällt dir ein, hier fast eine Schlägerei anzufangen?«

»Er hat dich begrapscht. Wie kannst du das zulassen? Kennst du den Kerl überhaupt?!«, schreit er und deutet mit dem Finger in die Richtung, in die Diego verschwunden ist.

»Diego hat mich nicht begrapscht, sondern mir geholfen. Jemand hat mich gestoßen und ich wäre gefallen. Die tanzende Meute hätte es nicht mal gemerkt und mich zertrampelt!« Sean verzieht keine Miene, aber ich kenne ihn. Er wägt innerlich ab, ob er mir glauben soll oder nicht. »Außerdem kann es dir egal sein, was ich in meiner Freizeit mache! Wir sind nicht mehr zusammen! Und genau deswegen, Sean! Wegen deiner krankhaften Eifersucht!« All die Unzufriedenheit der letzten Wochen bricht über mich herein, lässt mich noch wütender werden. Mein Körper zittert und heiße Tränen verschleiern meinen Blick. »Was machst du überhaupt hier? Woher weißt du, wo ich bin?«

Seans Blick gleitet wortlos zu Liam, und ich ahne, dass ich es seinem Bruder gestern Nacht verraten habe. *Mist, könnte ich mich bloß an das erinnern, was ich gesagt habe! Dann würde ich nicht dumm dastehen!*

»Ach macht ihr beide doch, was ihr wollt. Ich habe genug von diesem Drama.« Genervt werfe ich die Hände in die Luft und verlasse die Bar, meinen Exfreund und seinen Bruder. *Verdammt, was ist denn bloß in Sean gefahren? Wie kann er nur so ausrasten?*

Völlig außer mir durchquere ich das Foyer und begebe mich an die frische Luft. Draußen neben dem Haupteingang lehne ich mich erschöpft an die Mauer, atme tief durch. Mein Herzschlag will sich einfach nicht beruhigen und meine Wut kocht immer noch wie heiße Lava in mir. *Wie kann er nur?* Mich blamieren und den armen Diego anfallen. Ich habe Sean als charmanten, leidenschaftlichen Mann kennengelernt, doch davon ist seit Wochen nichts mehr zu sehen. Er ist ein völlig fremder Mensch geworden.

Ich sehe nach oben in den Sternenhimmel, nehme die Touristen und Partywütigen, die an mir vorbeigehen, nicht wahr. Dort oben ist alles friedlich und still, und ich wünschte mir, ich könnte mich auf den Mond beamen, nur um einen Tag lang meine Ruhe zu haben. Das muss aufhören. Dieser Beziehungsstress macht mich noch kaputt, dabei sollte ich mich auf meine Karriere konzentrieren. Entweder spreche ich mich mit den Colemans aus, oder ich kündige und versuche, dieses unsinnige Drama hinter mir zu lassen und zu vergessen. Der Gedanke, meinen Job zu verlieren, schnürt mir die Kehle zu, denn ich war nie glücklicher in meinem Berufsleben. Noch nie konnte ich gezielt meine Kreativität einsetzen und Projekte zum Leben erwecken. Doch um meines Herzens willen würde ich meine Stelle aufgeben.

Der Gestank der Nacht, der aus einem Gemisch von Autoabgasen und Zigarettenrauch besteht, weicht mit einem Mal und ein mir bekannter Geruch dringt mir in die Nase. Ich weiß, dass er es ist, ohne ihn anzusehen, spüre seine Wärme und Blicke auf mir, die mir bis unter die Haut gehen. Doch dies muss ein für alle Mal aufhören.

»Was willst du, Liam?«

»Ich möchte mich im Namen von Sean bei dir entschuldigen«, raunt er dicht an meinem Ohr, da das Stimmengewirr um uns herum wieder zunimmt.

Verwirrt sehe ich ihm in die Augen. *Wieso entschuldigt er sich für seinen Bruder?* »Kann er das nicht selbst? Oder ist er auf der Suche nach noch einem armen Kerl, den er verprügeln will?«

Liams Blick durchbohrt mich geradezu, lässt mich kaum atmen. Dann lehnt er sich mit der rechten Schulter ebenfalls an die Mauer. »Emma, hör zu. Sean hatte vor dir nie eine Beziehung und kann mit seiner Trauer, dich verloren zu haben, einfach noch nicht umgehen. So war es auch, als unsere Mutter gestorben ist. Damals war seine Art, es zu verarbeiten, eben Wut. Er prügelte sich oft, ohne ersichtlichen Grund, nur um wieder etwas zu fühlen.«

»Das gibt ihm nicht das Recht, mit seinen Mitmenschen derart umzuspringen.«

»Das tut es bestimmt nicht. Aber als er dich sah, in den Armen eines anderen Mannes, hat es bei ihm einen Schalter umgelegt. Aus ihm ist dieser eifersüchtige Kerl geworden, weil er einfach Angst hat, dich an ihn zu verlieren.« Verzweifelt streiche ich mir eine Strähne aus dem Gesicht. »Oder an mich«, gibt er zu und senkt den Blick.

Ich ahne, dass auch er sich die Schuld an Seans Eifersucht gibt. Immerhin wollte er mich ihm damals ausspannen. Aber diese Zeiten sind vorbei und das ist gut so. »Oh Mann. Wie konnte das alles nur so aus dem Ruder laufen?«

»Das weiß ich nicht, aber wir müssen das Beste daraus machen.

»Wie meinst du das?«

»Ich werde mit ihm sprechen und ihm erklären, dass dein Entschluss endgültig ist. Gib ihm ein wenig Zeit, sich damit zu arrangieren. Vielleicht solltest du dir auch etwas Urlaub nehmen, für dich.«

Skeptisch runzle ich die Stirn. Wir haben jetzt einen Haufen Arbeit, wie schon lange nicht mehr. Wie kann er mir da frei geben? In drei Wochen ist die große Präsentation vor dem Rehbock Vorstand. »Meinst du das ernst?«, frage ich erneut nach. Ich meine, hey, Urlaub kann ich wirklich gebrauchen. Die Coleman Brüder haben mir das Leben so schwer gemacht, dass ich ein ganzes Jahr bräuchte, um das alles zu verarbeiten.

»Ja, ich meine das ernst. Deine gescheiterte Beziehung mit Sean soll deine Karriere nicht beeinflussen. Du bist eine intelligente und kreative Mitarbeitern und wir als deine Vorgesetzten würden es nur schwer verkraften, dich zu verlieren.« Seine Worte sind wie Balsam für meine gequälte Seele, da ich ja die Angst hatte, Sean könnte mich wegen der Trennung jederzeit feuern wollen. Das hätte ich ihm zwar nie zugetraut, doch in letzter Zeit schockiert mich Sean immer mehr, sodass ich ihn kaum noch einzuschätzen weiß.

»Danke Liam. Für deine Hilfe und deinen Rat. Ich bin mir sicher, dass wir beide auch weiterhin gute Freunde bleiben, egal, was mit Sean und mir ist.«

Seine Miene wirkt mit einem Mal ziemlich angespannt, die Augen verlieren an Glanz, und ich habe irgendwie das Gefühl, ihm zu nahe getreten zu sein. Mit einem Schwung löst er sich von der Wand, verabschiedet sich und verschwindet im Inneren des Hotels. *Was habe ich denn Falsches gesagt?*

KAPITEL 13

Emma

Die zwei Wochen Urlaub habe ich wirklich genossen wie noch nie in meinem Leben. In diesen vierzehn Tagen habe ich viel gelesen, lange Schaumbäder gehabt, war oft im Bryant Park spazieren und habe mir Zeit für mich selbst genommen. Etwas, das längst überfällig gewesen ist. Das letzte Jahr war viel ereignisreicher als mein bisheriges Leben. Ich habe mich in zwei wundervolle Männer verliebt, meinen Traumjob gefunden, das Glück kennengelernt und es wieder verloren. Meine Beziehung mit Sean mag vorbei sein und ja, es hat viel Drama gegeben, doch ich möchte diese Zeit trotzdem nicht missen, denn er hat mein Selbstwertgefühl gesteigert und mich ehrlich geliebt. Mich! Eine kurvige, tollpatschige, sarkastische Frau, die gerne Süßigkeiten in sich hineinstopft. Er hat mich gewollt, obwohl er jedes Model der Welt hätte haben können. Doch manchmal ist die Liebe einfach nicht genug, das weiß ich jetzt. Wir passen nicht zusammen. Wir haben um unsere Partnerschaft gekämpft und dennoch verloren.

Außerdem habe ich in Liam einen wertvollen Freund gefunden, der mich versteht, denselben Humor pflegt wie ich und mir das Gefühl gibt, eine wunderschöne Frau zu sein. Mich in ihn zu verlieben, war nicht sonderlich schwer, denn er ist ein Traummann in jeder Hinsicht. Meine Gefühle für Liam waren stark, sind es vielleicht immer noch, aber ich möchte nie wieder etwas mit meinem Vorgesetzten anfangen. Die Sache mit Sean

83

war mir eine Lehre und ich werde strikt Berufliches von Privatem trennen.

Was mir jedoch nach dieser Auszeit Sorgen bereitet, ist das Getratsche im Büro. Es mögen vielleicht zwei Wochen vergangen sein, doch Seans aufgezwungener Kuss wird sich sicher in manchen Kopf eingebrannt haben. Nie habe ich es gemocht, im Mittelpunkt zu stehen, doch ich befürchte, dass ich im Büro jetzt berühmt bin wie ein Popstar. Ich gebe mir Mühe, die Sorge zu verdrängen, doch das erweist sich schwieriger als gedacht.

In New York ist der Herbst eingekehrt. Die Tage werden kälter, der Boden ist von braunen und orangefarbenen Blättern gesäumt. Eine rutschige Schicht aus abgeworfenem Laub bedeckt die Straßen. Durch die fast schon kahlen Bäume glitzert die Sonne hindurch und blendet mich kurz. Der Herbst war schon immer meine Lieblingsjahreszeit. Thanksgiving, Tee trinken, viel lesen und Drachen steigen lassen – genau das liebe ich, wenn sich die Blätter braun färben. Mit knurrendem Magen gehe ich auf dem Bürgersteig die Grant Avenue entlang. Wie typisch für New York, herrscht mal wieder dichter Morgenverkehr und sogar auf dem Gehweg ist der Teufel los.

Als ich in diese Stadt gezogen bin, habe ich es anfangs gehasst, mir den Weg frei zu rempeln, doch mit der Zeit lernt man das gekonnte Ausweichen. Ein frischer Herbstwind weht mir ins Gesicht, sodass ich den Trenchcoat enger um mich ziehe. Mein Ziel ist das Hot Cup Café in meiner Straße. Aiden wartet dort auf mich. Bevor ich mich in die Höhle der Löwen begebe, will er mir ein deftiges Frühstück spendieren. Als hätte ich in den vergangenen Tagen nicht schon genug gefuttert.

Ein Glöckchen kündigt mein Eintreten an. Das Café ist warm und wohnlich eingerichtet. Auf dem Parkettboden sind bunte Teppiche ausgelegt, an den Wänden hängen kleine Vintage Bilder, die an die 40er- und 50er-Jahre erinnern. Die Möbel sind dunkel gehalten, ebenso wie die Ladentheke. Generell sieht es hier aus wie in einem gemütlichen Wohnzimmer mit einer riesigen Ladentheke in der Mitte. Ich atme den angenehmen Kaffeeduft ein und sehe mich um. Aiden sitzt in einer Nische im hinteren Teil des Cafés und winkt mir zu, als er mich entdeckt.

»Brr, draußen ist es schon arschkalt«, jammere ich, nachdem ich ihn umarmt und mir die Speisekarte geschnappt habe.

»Na ja, du musst dir eben mehr Polsterung anfuttern, das wärmt dich, bis der nächste Mann kommt«, meint er neckisch, beugt sich über den Tisch und kneift mir in die Seite.

Lachend schlage ich seine Hand weg. »Du bist ganz schön fies, Aiden! Ich glaube, ich sollte mir einen neuen besten Freund anschaffen.«

Er sieht mich gespielt schockiert an und legt sich die Handfläche auf die Brust, bevor er losprustet. »Süße, du würdest vor Langeweile sterben, wenn ich nicht wäre. Wer sonst könnte dir beibringen, wie man Wodka aus dem Bauchnabel eines Mannes trinkt, wenn nicht ich.«

Ich rolle mit den Augen. Damals auf dem Springbreak hat Aiden es sich zur Lebensaufgabe gemacht, mir das Trinken und Spaßhaben beizubringen, da ich zu Beginn meiner Collegezeit ziemlich verschlossen war. Mit der Zeit und dank Aiden wurde ich lockerer, ging aus mir heraus.

»Und? Bist du bereit, deinen Bossen entgegenzutreten?«

Ich sehe von der Speisekarte auf und nicke. »Ja, klar bin ich bereit. Ich kann mich ja nicht ewig verstecken. Und außerdem muss ich aus dem Haus raus. Wenn ich noch länger in der Wohnung bleibe, kannst du mich bald nach draußen rollen.«

»Das heißt, du willst abnehmen?«

Ich setze einen ernsten Gesichtsausdruck auf und sehe, wie er die Stirn runzelt. Eine Kellnerin begrüßt uns, meines Erachtens ein wenig zu fröhlich, und nimmt unsere Bestellung auf. »Ich nehme einen doppelten Espresso, das Frühstücksomelett, Rührei mit Speck und zwei Donuts.« Als ich Aiden zuzwinkere, weiß er, dass die Idee mit der Diät nur ein Scherz war. *Ich und Diät?* Das wäre eine vorprogrammierte Katastrophe.

»Danke für das Frühstück«, flüstere ich ihm ins Ohr, als er mich zum Abschied umarmt.

»Gern geschehen, und nun will ich, dass du ins Büro gehst und jedem, der dich auf Sean anspricht, einen Tritt in den Hintern versetzt.«

»Okay, ich kann dir aber nichts versprechen«, antworte ich und winke ihm zu. Aiden steigt in sein Auto, das er vor dem Gebäude geparkt hat, und fährt davon. Gerade als ich mich zu meinem Auto begeben will, sehe ich ein älteres Pärchen, das sich zum Abschied umarmt und küsst. Die Frau mit dem rabenschwarzen Haar kommt mir seltsam bekannt vor, doch ich kann ihr Gesicht nicht erkennen, als sie sich von ihrem Partner löst und in ihren Flitzer steigt. Eigentlich ein ganz normales Bild von einem Paar, doch der Mann ist für mich kein Unbekannter. *Oh Gott.* Es ist Charles Coleman. Soweit ich weiß, hat weder Sean noch Liam erwähnt, dass er eine Freundin hat. *Nicht schon wieder ein Drama, bitte, bitte.* Um ja nicht gesehen zu werden, drehe ich mich um und versuche, schnell das Weite zu suchen. Aber, ich bin Emma Reed. Natürlich renne ich genau in eine gespannte Hundeleine, verheddere mich darin und ziehe die Aufmerksamkeit aller umherstehenden Passanten sowie die meines Bosses auf mich, als der Hund laut zu bellen beginnt und ich immer noch nicht frei bin. Toll gemacht, Karma!

Bitte komm nicht her, bitte komm nicht her!, wiederhole ich wie ein Mantra, als ich mich endlich mithilfe der Hundehalterin von der Leine lösen kann und diese ihren Weg schließlich fortsetzt. Aber Charles macht wie alle Colemans natürlich genau das Gegenteil, überquert die Straße und läuft auf mich zu. »Guten Morgen, Emma«, begrüßt er mich freundlich und ich erwidere diesen Gruß. »Hast du dich gut erholt?«, fragt er mich, als wir uns einen Moment schweigend gegenüberstehen. Verlegen nicke ich und hoffe inständig, dass er mich nicht darauf anspricht, ob ich seine Geliebte gesehen habe. »Deinem Schweigen zu urteilen hast du uns gesehen, oder?«

Ich schlucke, meine Zunge klebt mir am Gaumen fest und ich habe das Gefühl, im Erdboden versinken zu müssen. »Ja, das stimmt. Aber es geht mich nichts an, was du in deiner Freizeit treibst.« *Halt doch die Klappe, Reed! Was redest du denn da? Dir kann es egal sein, mit wem er was treibt oder auch nicht!*

Der grauhaarige Mann mit den klaren eisblauen Augen lacht laut auf, und ich würde am liebsten im Erdboden versinken. »Eine interessante Wortwahl. Das war Betty, meine Freundin.«

Überrascht hebe ich die Brauen. »Oh, ich wusste nicht, dass du …«

»Du kannst es auch nicht wissen, weil es ein gut gehütetes Geheimnis ist.« Das kenne ich, wenn man eine Beziehung verheimlichen muss. »Nur, dass meine Beziehung mit Betty schon über zehn Jahre geheim ist.«

»Betty?«, frage ich verwirrt. Meint er etwa …? Und dann fällt es mir wie Schuppen von den Augen. Ich wusste doch gleich, dass mir diese Frau bekannt vorgekommen ist. Charles Coleman ist mit Betty vom Empfang zusammen!

KAPITEL 14

Emma

Wow, also damit hätte ich nun wirklich nicht gerechnet. Mir kam es schon von Anfang an komisch vor, dass der Oberboss nichts dagegen hat, dass sein Sohn seine eigene Mitarbeiterin datet. Aber immerhin tut Charles das seit zehn Jahren.

Mir ist meine Überraschung bestimmt anzusehen, doch ich muss mich zusammenreißen, nicht mit offenem Mund dazustehen. »Ich finde das toll«, höre ich mich sagen, versuche mich gleichzeitig zu sammeln und nicht wie eine Vollidiotin auszusehen. Aber es stimmt, denn die füllige, liebenswerte und auf ihre Art sehr hübsche Betty ist der Liebling der gesamten Belegschaft. Falls jemand Kummer hat, hat sie für alle ein offenes Ohr, macht Überstunden, wenn mal wieder eine Kollegin krank ist und verzaubert mit ihrem sonnigen Gemüt alle Mitarbeiter. Man muss sie einfach lieben und das tut anscheinend auch der Big Boss.

»Danke, ich bin auch sehr glücklich mit Betty. Eigentlich wollte ich bei meinem Geburtstagsessen mit Sean und Liam darüber sprechen, doch wie du weißt, möchte Sean nicht kommen, also habe ich das Ganze abgeblasen.« Seine Miene wird traurig, sein Kummer ist ihm deutlich ins Gesicht geschrieben. Ich kenne seine Söhne mittlerweile sehr gut und bin mir ziemlich sicher, dass sie nicht gut auf seine Beziehung reagieren würden, da sie noch immer um ihre Mutter trauern und ihm seine Affären übel nehmen. Doch auch er, mag seine Vergangenheit noch so düster sein, hat es verdient, glücklich zu sein. *Weshalb hat er zehn Jahre geschwiegen?* Das muss doch auch für Betty schwer sein, immer verleugnet zu werden.

»Darf ich offen sprechen?«, frage ich vorsichtig.

»Ich bitte darum.«

»Warum verheimlichst du Betty? Sie ist eine wundervolle Frau. Im Büro verstehe ich das, doch bei deinen Söhnen? Hat sich im vergangenen Jahrzehnt denn wirklich nie eine Möglichkeit ergeben?«

Die Menschen huschen an uns vorbei, schlängeln um uns herum. Charles seufzt, bevor er mir antwortet. »Natürlich, aber nachdem meine Frau gestorben ist, war mit den Jungs nicht gut Kirschen essen.« Das kann ich mir sehr gut vorstellen. »Ich bereue jeden Tag, was ich meiner Familie damals angetan habe, wünschte, ich könnte es rückgängig machen. Doch wie wir beide wissen, ist das ein Ding der Unmöglichkeit.« Ich nicke traurig, streiche mir die Strähne hinter das Ohr, die der Wind mir ins Gesicht geweht hat. »Auf jeden Fall bin ich nun mit mir im Reinen und glücklich. Ich habe das von Sean und dir gehört und es war meiner Meinung nach nur eine Frage der Zeit, bis ihr euch trennt. Auch mir ist aufgefallen, wie sehr er dich verändert hat und sich selbst am meisten.«

»Ja, es ist viel passiert, seit ich in der Agentur angefangen habe.« Besser gesagt war mein Leben noch nie so ein Chaos aus Liebe, Streit, Angst, Glück und viel zu viel Schokolade.

Er lächelt mich freundlich an, drückt mir väterlich die Schulter. »Das stimmt. Auch wenn jetzt vieles unangenehm für dich wird, lass dich nicht unterkriegen. Nur die Stärksten überleben«, sagt er scherzend, kramt er in seinem braunen Mantel nach den Autoschlüsseln.

»Ich werde mir Mühe geben.« Schließlich habe ich keine Wahl.

Kaum habe ich nach zweiwöchiger Abstinenz das Bürogebäude betreten, höre ich sie tuscheln und hinter vorgehaltener Hand reden. Mein Herz wird schwer, da ich nicht als das Flittchen dastehen will, für das mich viele sicherlich halten. Mit gleichgültiger Miene und erhobenen Hauptes begebe ich mich in meine Büronische. Wie erwartet spricht mich keiner direkt auf Sean an, doch ich spüre die interessierten Blicke im Rücken. Es ist demütigend, wenn das eigene Privatleben breitgetreten wird, doch ich lasse mir nichts anmerken.

Kurz vor der Mittagspause lechze ich nach Kaffee. Ich durchquere die Büroetage und begebe mich in die kleine Küche. Zu meiner Erleichterung ist sie leer. Da ich ja mit niemandem reden will, gieße ich mir eine Tasse ein und möchte danach nur noch schnell das Weite suchen.

»Miss Reed?!«, höre ich die piepshohe Stimme von Jazabell hinter mir. Unfreiwillig drehe ich mich um, sehe ihren überheblichen Blick.

»Hallo Miss French. Darf ich bitte kurz vorbei?«, frage ich monoton, halte jedoch den Blickkontakt. Doch sie stellt sich mir in den Weg mit ihren falschen Brüsten und ihren aufgespritzten Lippen, mustert mich skeptisch von oben bis unten.

»Also Sean und du?«, flüstert sie kalt, die Abneigung die sie mir gegenüber empfindet, lässt mich erschaudern. *Weshalb kann sie mich nicht leiden?*

»Nun, das ist Privatsache. Ich möchte darüber nicht mit Ihnen sprechen.«

»Das war ja klar. Ich würde auch nicht zugeben wollen, dass ich mich hochgeschlafen habe.« *Wie bitte?* Hat diese Barbiepuppe für Arme das gerade wirklich gesagt?

»Es geht Sie zwar nichts an, aber Sean und ich waren nicht bloß eine billige Affäre, wir waren ein Paar.«

»Was er an dir findet, werde ich nie verstehen. Du bist fett, gewöhnlich und total langweilig.« Jedes ihrer Worte ist wie ein Dolchstoß ins Herz. Ja, ich entspreche nicht dem Schema einer sexy Frau, doch auch ich habe Gefühle und diese werden gerade zertreten wie ein Gänseblümchen. Mit mörderisch hohen Designerstöckelschuhen! Meine Augen werden feucht und ich senke den Blick. Ich habe mir vorgenommen, mir solche Kommentare nicht zu Herzen zu nehmen, doch ich bin auch nur ein Mensch. Und ich schaffe das nicht alleine.

»Im Gegensatz zu dir ist sie keine Frau, die von einem Bett ins andere springt. Sie hat Klasse, keine Plastikbrüste und aufgespritzte Lippen, sondern ist natürlich. Und du bist nur so schlank, weil du drei Fettabsaugungen hinter dir hast!«

Nia! Gott sei Dank!

»Ach halt doch die Klappe, Sanchez. Wer weiß …«

»Spar dir dein Gesabber! Glaubst du, du bist etwas Besseres als deine Mitmenschen? Du hast damals Sean verführt, weil du durch seine Position nach oben wolltest. Wärst du nicht schwanger gewesen, hätte er dich sofort rausgeschmissen!« *Was? Jazabell war von Sean schwanger?*

Miss French senkt beschämt den Kopf und starrt auf ihre High Heels. »Es tut mir leid, Emma«, meint sie zu Kreuze kriechend, sieht dabei jedoch nicht mich, sondern weiter ihre Schuhe an.

»Das will ich auch hoffen! Sollte ich noch einmal hören, dass du über Emma auch nur ein Wort verlierst, fliegst du achtkantig raus. Dafür werde ich noch sorgen!« Sie nickt hastig, geht an Nia vorbei und flieht aus der Kaffee-Ecke. Meine Freundin kommt auf mich zu, drückt mich fest an sich. Ohne dass ich es will, perlen die Tränen meine Wange hinab. Die Worte von Jazabell haben mich sehr verletzt. Sie drückt mich sanft von sich und sieht mich mitfühlend an. »Alles okay, Süße?«

»Ja, danke Nia. Für alles.«

Sie lächelt mich an, streicht über meine Oberarme. Ihre braunen Augen strahlen solch eine Wärme aus, dass ich mich ein wenig besser fühle. »Sehr gern geschehen. Dieses Miststück kann nichts anderes, als andere fertigzumachen. Aber ich glaube, diesmal hat sie ihre Lektion gelernt.«

»Sag mal, stimmt das, dass Jazabell von Sean schwanger war?«

Nia schüttelt den Kopf. »Nein, sie war von jemand anderem schwanger. Von wem, weiß ich nicht. Sean hatte damals Mitleid mit ihr und ihr als Vorsorge für das Kind diesen Job als Abteilungsleiterin angeboten. Obwohl sie ziemlich nerven kann, hat sie die Abteilung gut im Griff, macht ihre Arbeit sorgfältig. Wie geht's dir sonst? Hast du dich erholen können?«

»Ja, schon. Aber das Getuschel nervt.«

»Ach, lass sie reden. Ihr Leben ist sterbenslangweilig, deshalb müssen sie sich das Maul über Sean und dich zerreißen.« Sie wirft ihr langes, kastanienbraunes Haar zur Seite. »Und nun möchte ich, dass du ihre Worte vergisst und versuchst, diesen Tag durchzustehen, wie immer.«

Ich nicke dankbar, bin mir jedoch unsicher, ob ich die Beleidigungen einfach vergessen kann. Als ich an meinem Arbeitsplatz ankomme, stürmt eine aufgeregte Jazabell auf mich zu. Zuerst befürchte ich wieder eine Schimpftirade, doch die kommt nicht. »Miss Reed, ich müsste Sie um einen Gefallen bitten. Alle drei Praktikantinnen sind krank und niemand anderes hat Zeit, die Getränke für das große Rehbock Meeting aufzufüllen. Ich würde es ja gerne machen, muss aber noch die Präsentationsmappen vorbereiten.«

»Ja, schon okay. Ich kümmere mich darum«, antworte ich und begebe mich direkt in den Besprechungsraum Nummer eins, wo der Seniorboss, mein Exfreund und sein Bruder, der mir immer noch viel bedeutet, auf mich warten.

KAPITEL 15

Emma

Meine Hände sind schweißnass und zittern wie Espenlaub, während mein Herz mir so heftig gegen die Brust hämmert, dass ich Angst habe, es könnte jeden Moment herausspringen und fliehen wollen. Natürlich wusste ich, dass ich Sean und Liam früher oder später gegenüberstehen würde, doch beiden auf einmal und noch dazu vor dem Vorstand von Rehbock ist einfach zu viel. Entschlossen lege ich die Hand auf die Klinke, schließe kurz die Augen und atme tief durch. *Komm schon, Reed, du schaffst das!*

Ich öffne die Tür, trete ein und ziehe das Getränkewägelchen hinter mir her. »Guten Tag Miss Jones, meine Herren«, begrüße ich alle, versuche ausnahmsweise ohne Peinlichkeiten meine Arbeit zu machen. Da ich noch nie bei einer solch großen Werbespotpräsentation dabei war, überrascht mich, dass außer Liam, Sean und Charles, nur vier Personen von Rehbock, darunter auch eine Frau, anwesend sind. Ich hätte mit mehr gerechnet.

Liams Augen durchbohren mich, bleiben kurz haften, bis er sich wieder seinen Gesprächspartnern zuwendet. Heute sieht er verdammt gut aus. Er trägt einen schwarzen, maßgeschneiderten Designeranzug, dazu eine ebenso schwarze Krawatte und anders als sonst ist er rasiert. Ich verkneife mir, meinen Unmut darüber in einem Schmollmund zum Ausdruck zu bringen, denn seinen Dreitagebart habe ich von Anfang an attraktiv gefunden.

Plötzlich wird mir bewusst, dass ich noch immer meinen Boss anstarre. Ich senke den Blick und gehe schnell meiner Arbeit nach, ehe einer der Rehbock-Vertreter misstrauisch werden kann. Sean schenkt mir kaum Beachtung, hat mich nur kurz angesehen, als ich den Besprechungsraum betreten habe. Er hält einen Vortrag über die Werbemaßnahmen, die sie in zahlreichen Magazinen und verschiedenen Social Media Plattformen umsetzen werden. Außerdem haben offenbar Prominente für den Dreh des Werbespots zugesagt.

Ich reiche den Herrschaften Kaffee, Tee und andere Erfrischungsgetränke und bete zu Gott, dass er mich heute verschont und mich nicht wieder ins Fettnäpfchen treten lässt. Als schließlich jeder versorgt ist, ziehe ich mich vom Tisch zurück und stelle mich in die Ecke des Raums, wo ich einen wundervollen Blick auf den Beamer habe.

Sean ist mit der Präsentation bereits fertig und übergibt Liam das Wort. Er lächelt charmant, erhebt sich aus dem Stuhl, knöpft sein Jackett zu und stellt sich genau neben die Leinwand. »Schönen guten Tag, meine Damen und Herren. Wie Sie ja schon von meinem Bruder gehört haben, werden wir alle uns zur Verfügung stehenden Mittel einsetzen, um Ihre Kollektion so erfolgreich wie möglich zu verkaufen. Meine Aufgabe ist, einen Werbespot zu kreieren, der die gewünschte Zielgruppe anspricht und sie überzeugt, ihre Sportbekleidung nur noch bei Ihnen zu beziehen. Wie üblich haben wir einen Spot als Vorlage mit unbekannten Models gefilmt, um Ihnen die Richtung unserer Idee für Ihre Kollektion näherzubringen.«

Liam nickt seinem Bruder zu, der auf einen Knopf am Laptop drückt und den Spot startet. Die Werbung beginnt mit einer leisen Melodie, dann schwenkt die Kamera in ein volles Büro. Überall herrscht Stress, Hektik, Kollegen huschen von einer Ecke zur anderen und mittendrin sitzt eine junge Frau. Natürlich stelle ich fest, dass sie superschlank, wunderschön, perfekt geschminkt und keineswegs wie die typische Bürokauffrau wirkt.

Am liebsten würde ich laut auflachen, denn sie sieht aus wie aus dem Ei gepellt, von Stress keine Spur. Mit der schauspielerischen Leistung einer Weinbergschnecke tut sie, als wäre der Alltag im Büro übertrieben schwer, wie auf den Himalaja zu steigen. Natürlich weiß ich, wie stressig es sein kann im Büroalltag, doch dieses Model stellt es ins falsche Licht. Ich schüttle im Dunkeln den Kopf.

Das nächste Bild zeigt Miss Perfect, wie sie erschöpft in ihrer Wohnung ankommt, wie von Zauberhand die Müdigkeit abschüttelt und sich umzieht. Die Teile von Rehbock sehen gut aus; helle Farben, qualitativ hochwertig aussehende Muster und eine Passform, die sich an den Körper schmiegt. Die blaue Leggins und die dazu passende hellblaue Weste schauen an diesem Model natürlich perfekt aus. Zu perfekt. Es wirkt unnahbar, kalt und für mich nicht ansprechend.

Zum Schluss des überaus schrecklichen Videos läuft das frisch aussehende Size Zero Häschen durch die Stadt und darauf folgt der Slogan: Rehbock Femme, Sports for the Ladies.

Oh. Mein. Gott! Solch einen schlechten Werbeslogan habe ich noch nie gehört. Nicht dass ich die Arbeit von Liam abwerte, aber meinen Geschmack hat er in keinster Weise getroffen.

Liam räuspert sich kurz. »Nun, meine Damen und Herren. Wir hoffen natürlich mit den berühmten Models und der Message, diesen Spot weltweit auszustrahlen. Es wäre uns eine Ehre Rehbock zu vertreten.«

»Pff, ach bitte!«, höre ich mich sagen. Überrascht drehen sich die Anwesenden zu mir um. *Heilige Scheiße! Habe ich das jetzt laut gesagt?* Oh Gott, ich habe dich nur einmal um kein Fettnäpfchen gebeten und dann kommt gleich der Supergau? Oh Mann.

Liam funkelt mich böse an, bevor er das Wort an mich richtet. »Miss Reed, stimmt etwas nicht?«, fragt er leise, doch auch bedrohlich, dass ich vor Angst erzittere.

»Ähm, nun, ja, ich finde ... der Spot ist ... etwas ... nun ja ...«

»Was genau meinen Sie?«, knurrt er, und ich sehe, wie er mit dem Kiefer mahlt und die Ader an seinem Hals anschwillt, wie immer, wenn er wütend ist.

Ich schlucke den Kloß hinunter und bemühe mich, mich zusammenzureißen. »Entschuldigung, Sir, ich wollte Sie nicht kritisieren, nur hat der Spot mich persönlich überhaupt nicht angesprochen«, gebe ich offen und ehrlich zu. Er hebt die Brauen, und ich sehe, wie er sich um Beherrschung bemüht.

Bevor er die Möglichkeit hat, mich aus dem Zimmer zu werfen, ergreift die einzige Frau in der Runde das Wort. »Mich ehrlich gesagt auch nicht«, sagt sie und lächelt mir kurz zu.

Verdammt, das wollte ich nicht. Ich wollte Liam nicht bloßstellen. Wie so oft kann ich meine blöde Klappe nicht halten und habe mir gerade meine Kündigung eingehandelt. »Entschuldigung, Sir«, flüsterte ich und will mit hochrotem Kopf vor Liams wütenden Blick fliehen.

»Halt. Warten Sie!«, ruft mir die schlanke Afroamerikanerin mit der Kurzhaarfrisur und dem Kaschmirtwinset zu. Sofort bleibe ich stehen und drehe mich ihr zu. *Was will sie denn von mir?* »Wie würden Sie den Spot abdrehen?«, fragt sie mich mir nichts, dir nichts und mein Herz droht, mir in die Hose zu rutschen. Eine Frau vom Vorstand der größten Sportwarenmarke ganz Amerikas, fragt mich um meine persönliche Meinung.

»Sie wollen wirklich meine Meinung hören?«

Sie nickt mir zu und wartet mit allen Anwesenden gespannt auf meine Antwort. *Heiliger Bimbam, Reed, was sagst du jetzt?* Ich habe keine Ahnung, was ein erfolgreiches Konzept für einen TV Spot ist.

Ich schließe kurz die Augen, sammle mich einen Moment und sehe plötzlich ein Bild vor mir. Die Worte kommen wie von selbst: »Ich sehe eine junge Frau, füllige Statur, zartes Make-up, natürliche Ausstrahlung, die sich durch die hektische Arbeitswelt schlägt, versucht, das Beste aus jedem harten Tag zu machen. Nach Feierabend hallt noch immer der Lärm des Großraumbüros in ihrem Kopf. Sie geht an den Kleiderschrank. Erst danach zieht sie sich Ihre neue Kollektion an und sieht trotz der Pfunde zu viel natürlich schön aus. Diese Powerfrau geht hinaus auf die Straße, läuft durch den Park. Im Gegensatz zum geräuschvollen Alltag ist es hier ruhig. Man hört nur das Atmen des Models, hört ihre Anstrengung, ihren Ehrgeiz. Sie ist eins mit der Umgebung, der Natur und merkt gar nicht, wie ein sexy Sportler sich nach ihr umdreht. Während sie läuft, schwenkt der Slogan ein. *Rehbock – No Games, just Sport.*«

Zaghaft öffne ich die Augen, sehe in die Gesichter der Coleman Männer und des Rehbock Vorstandes. Sie lassen es auf sich wirken und mit jeder Sekunde, die verstreicht, werde ich nervöser und drohe, vor Aufregung zusammenzusacken.

Plötzlich höre ich die sympathische Frau in der Runde klatschen. Verunsichert beobachte ich, wie der Rest einstimmt, und sogar Liam mir Beifall bekundet. Sie nickt ihren Kollegen zu und wendet sich dann an Charles Coleman. »Sie haben den Auftrag – aber nur, wenn diese Frau neben Liam Coleman im Team ist und sie ihre Idee umsetzen.«

Mir stockt der Atem und ich glaube, jeden Moment in Ohnmacht zu fallen. *Ich soll mit Liam an einem Spot arbeiten?* Das kann doch nur in einer Katastrophe enden!

KAPITEL 16

Liam

Alle applaudieren Emma zu ihrer großartigen Idee und ich tue es ihnen gleich. Leider muss ich missmutig gestehen, dass ihr Vorschlag besser auf die Zielgruppe zugeschnitten ist, die Rehbock erreichen will. *Warum ist mir etwas in dieser Art nicht eingefallen?*

Eigentlich ist sie ja daran schuld, dass ich in letzter Zeit unkonzentriert bin. Ständig schwirrt sie mir im Kopf herum. Sei es bei der Arbeit oder zu Hause. Selbst bis unter die Dusche verfolgt sie mich, sodass ich meistens das Wasser auf kalt stelle, da Emma mich selbst dann erregt, wenn sie nicht mal in meiner Nähe ist.

Nach unserem Gespräch in Atlantic City habe ich sie nicht mehr gesehen. Sie hielt es nicht einmal für nötig, sich zu melden. Wenn ich jedoch an die vergangenen Wochen denke, glaube ich, dass sie Abstand brauchte, um alles zu verarbeiten. Verständlich.

Seans Blick gleicht meinem. Wir sind beide überrascht, was für eine Wendung diese lang vorbereitete Präsentation nimmt. Eigentlich sollte ich wütend auf Emma sein, immerhin hat sie mir öffentlich widersprochen und mich kritisiert – ich bin ihr Boss! An ihrem zaghaften Lächeln und ihrer verkrampften Haltung merke ich allerdings, dass es nicht ihre Absicht war, sich einzumischen. Außerdem hätte ich mit meinem Spot den Auftrag nie an Land ziehen können. Emma hat uns den Arsch gerettet!

Charles erhebt sich und legt dabei väterlich die Hand auf Emmas Schulter. »Miss James, meine Herren, natürlich holen wir Miss Reed auf Ihren Wunsch ins Team und danken Ihnen für Ihr Vertrauen.« Sein Blick wandert zu mir und er setzt ein wissendes Lächeln auf. *Weiß er etwas, das ich nicht weiß?*

Der Vorstand scheint überzeugt und zufrieden, verabschiedet sich und verlässt mit Emma und unserem Vater den Raum. Sean fährt sich durch die Haare und stützt sich daraufhin wieder auf der Tischkante ab.

»Alles okay, Brüderchen?«, frage ich ihn und merke, wie schwer er atmet. Er wirkt aufgebracht.

»Das könnte ich dich genauso fragen!«, antwortet er mir, hebt den Kopf und grinst mich frech an. »Immerhin hat Emma dich gerade total blamiert. Du musst doch außer dir sein vor Wut!«

Sollte ich das? Hat mich ihre Kritik und der Fakt, dass sie jetzt eng mit mir zusammenarbeiten wird, wütend gemacht? Ich fühle vieles in diesem Moment, Sehnsucht nach Emma, Trauer, dass sie nur einen Freund in mir sieht, und Stolz, weil ihre Idee einfach grandios ist. »Nein. Bin ich nicht.«

»Wie bitte?« Sean stößt sich von der Kante ab und greift nach einem Glas Wasser.

»Ich bin nicht sauer auf Emma. Ihr Konzept ist gut durchdacht. Aus dem Stegreif heraus hat sie den Deal an Land gezogen. Mein Spot war ein Witz dagegen.«

»Ja, wir wussten ja schon immer, dass sie Potenzial hatte, aber dir macht es nichts aus, dass du jetzt Tag für Tag mit ihr zusammenarbeiten musst?« Ich schürze die Lippen, schüttle den Kopf und versuche, gleichgültig rüberzukommen. Doch für Sean ist es ein Leichtes mich zu durchschauen. »Oh, big brother. Du warst noch nie ein guter Lügner.«

Mit langsamen Schritten nähere ich mich später Emmas Büronische. Schon von Weitem sehe ich sie, besser gesagt ihren Rücken. Seit der ersten Begegnung raubt mir alleine ihre Präsenz den Atem. Je näher ich komme, desto mehr pochen meine Finger, wollen endlich wieder ihre zarte Haut spüren. Schmunzelnd sehe ich, wie sie vor ihrer Nische steht, vertieft in die Unterlagen in ihrer Hand ist und an einem Kugelschreiber knabbert. Dann sehe ich es, das Bettelarmband, dass ich ihr zum Geburtstag geschenkt habe, sie trägt es noch immer und dieser Fakt erwärmt mein Herz. Diese Frau ist auf ihre Art liebenswert, wie keine andere, der ich je zuvor begegnet bin. Etwas prickelt auf der Haut, meine Sinne sind angespannt und ihr sinnlicher Duft lässt mich fast die Beherrschung verlieren. Wie sehr ich sie vermisse. Doch die Arbeit geht vor, sie will nur Freundschaft und damit muss ich mich abfinden.

»Emma?«, frage ich vorsichtig, will sie nicht erschrecken. Doch genau das Gegenteil passiert, sie zuckt zusammen, als sie mich bemerkt, und lässt vor lauter Schreck die Papiere fallen. Zu meinen Füßen verteilen sich zahlreiche Entwürfe und Emma folgt ihnen, kniet sich auf den Boden. Sofort gehe auch ich in die Hocke und helfe ihr beim Aufsammeln. »Warum bist du denn schreckhaft?«

»Um ehrlich zu sein, habe ich etwas Bammel vor deiner Standpauke.« Ich halte inne und sehe sie irritiert an. *Sie hat Angst vor mir?* Wie kann sie nur denken, dass ich sie zurechtweisen würde? Merkt sie denn gar nicht, wie sehr sie mich verzaubert, dass ich nicht mal eine Sekunde lang sauer auf sie sein kann? Wie sehr ich mich nach ihr verzehre?

»Emma«, sage ich heiser und wieder erstarrt sie ängstlich. »Natürlich hat es mich überrascht, dass du mich vor unserem wichtigsten Neukunden derart kritisiert hast, doch dein Einwand war berechtigt und nun haben wir dank dir den Auftrag an Land gezogen. Mach dir also keinen Kopf, okay?«

Sie nickt zaghaft. Als sie den Papierstapel entgegennimmt,

den ich ihr reiche, berühren sich unsere Hände nur flüchtig, aber trotzdem fühlt es sich an, als gebe es kein schöneres Gefühl auf Erden, als von ihr berührt zu werden. Heiße Schauer fahren meinen Rücken auf und ab. Ich schlucke schwer und versuche krampfhaft, mich auf etwas anderes zu konzentrieren, als die Präsenz dieser wunderbaren Frau, die in mir nur einen Freund sehen will. Ihre Wangen färben sich zartrosa, und ich ahne, dass es an unserer Berührung liegt. Erleichtert stelle ich fest, dass ich sie doch nicht kaltlasse, wie sie behauptet. *Aber bedeutet das auch, dass es noch eine Chance für uns gibt?*

Emma steht auf, fast schon zu schnell und weicht meinem Blick aus. Sie legt den Stapel auf dem Tisch ab. Ich höre sie tief einatmen, bevor sie sich mir wieder zuwendet. »Du wolltest mich sprechen?«

»Ja, ich möchte dich informieren, dass wir dieses Wochenende nach Aspen fliegen. Am Freitag lernst du das Team kennen. Beim Abendessen mit der Crew und den Models besprechen wir alle Einzelheiten und bereiten uns auf den Dreh am Samstag und vielleicht auch am Sonntag vor.«

»So schnell hast du das auf die Beine gestellt?«

Ihre Verwunderung lässt mich schmunzeln. »Ich bin vielleicht nicht der Kreativste im Planen eines Werbespots, aber im organisatorischen Bereich bin ich Meister meines Fachs.«

»Das weiß ich doch.« Sie zwinkert mir zu und mit einem Mal ist die Anspannung gewichen und sie ist wieder unbeschwert wie früher, als sie noch Gefühle für mich hatte.

»Okay, dann ist alles geklärt. Wir treffen uns Freitagfrüh am J. F. K., also nicht verschlafen, Okay?« Ich komme nicht umhin, sie breit anzugrinsen.

Emma lacht laut auf. »Ich werde nicht versprechen, was ich nicht halten kann.«

In den folgenden Tagen suche ich Emma oft auf, gebe ihr Einsicht in die Unterlagen und den Drehplan. Natürlich ist das alles zu einem beruflichen Zweck, aber ich muss auch gestehen, dass ich es genieße, in ihrer Nähe zu sein. Emma überrascht mich am Freitagmorgen, als sie fröhlich zum Gate kommt. Ihre Laune ist nicht zu trüben. Sie lacht, albert mit mir herum und wirkt glücklich, wie schon lange nicht mehr.

»Weißt du eigentlich, dass ich höllische Flugangst habe?«, gesteht sie, als wir im Flugzeug nebeneinandersitzen und uns anschnallen.

»Ach wirklich?« Das ist mir beim letzten Mal gar nicht aufgefallen.

»Ich bin gut im Verdrängen. Der Start und die Landung machen mir zu schaffen. Wenn wir in der Luft sind, ist es nicht weniger schlimm.«

»Seit wann hast du Flugangst?«

»Nun, ich habe von einer Gruppe Fußballer gelesen, die in den 70er-Jahren über den Anden abgestürzt sind. Sie haben zwei Monate bei Minusgraden überlebt, mussten aber um den Hunger zu bekämpfen, das Fleisch ihrer verstorbenen Freunde essen.« Emma rümpft die Nase, zuckt mit den Schultern, doch ihre Atmung und das Zittern verraten mir, dass sie tatsächlich nervös ist.

Ohne zu überlegen, was ich da eigentlich mache, lege ich meine Hand auf ihre und sehe Emma tief in die wunderschönen, bernsteinfarbenen Augen. »Ich verspreche dir, Emma, falls wir wirklich abstürzen sollten, werde ich dich nicht beißen oder anknabbern. Außer du verlangst danach.« Ich versuche ihr mit etwas Charme und Flirterei die Angst zu nehmen. Doch Emma lacht nicht. Sie sieht mich nicht einmal an. Ihr Blick ruht auf meinem Handrücken, der sich um ihre Hand gelegt hat. *Was geht dir gerade durch den Kopf?*

Aspen ist wie immer. Arschkalt und furchtbar windig. Die Stadt beherrscht ein Schneesturm. Gott sei Dank haben Emma und ich den Wetterbericht gecheckt und uns dementsprechend gekleidet. Als wir im Hotel ankommen, schütteln wir die Schneeschicht ab und bestaunen den Eingangsbereich. Es ist kein gewöhnliches Hotel, das meine Sekretärin gebucht hat. Das Foyer und die Lobby sind ein eigenes kleines Holzhäuschen. Von draußen wirkt es eher wie eine alte Holzhütte, weshalb ich nicht genau wusste, was uns hier erwarten würde, doch im Inneren ist es der Inbegriff von Gemütlichkeit. Dunkle Teppiche, knisterndes Kaminfeuer. Überall gepolsterte Samtmöbelstücke, die sich wunderbar in die rustikale Umgebung einfügen.

»Wie bitte!?« Ich muss mich eindeutig verhört haben. Die Dame vom Empfang will mir ernsthaft weismachen, dass Emma und ich in einem Apartment gebucht sind?

»Es tut mir leid, Sir, doch anstatt zwei Doppelzimmern habe ich hier eine Reservierung der Honeymoon Suite mit eigenem Zugang zum See.«

»Dann planen Sie das um!«, zische ich. Ich kann nicht neben Emma in einem Bett schlafen. *Unmöglich!* Da würde ich lieber die hohe Schneedecke draußen bevorzugen. Ich könnte mich nicht beherrschen, sie derart in der Nähe zu wissen und doch nicht berühren zu dürfen … Das darf einfach nicht passieren!

»Es tut mir leid, Sir. Ich kann in diesem Fall nichts für Sie tun.«

»Na schön«, knurre ich, spüre Emmas Hand am Oberarm. Augenblicklich verfliegt meine Wut, als ich ihr in die Augen sehe, die mich zu besänftigen scheinen. Ihr braunes Haar schmiegt sich weich um ihre Oberweite und der enge Pulli und die Jeans bringen ihre weiblichen Kurven gut zur Geltung. Das ist keine gute Idee – absolut nicht.

Auch wenn ich unsicher bin, ob ich die Distanz wahren kann, checken wir ein und begeben uns in die Honeymoon Suite. *Oh Mann, Emma Reed wird mein Untergang sein!*

KAPITEL 17

Emma

Als ich den Flughafen betrete, spüre ich die Vorfreude auf dieses Wochenende. Nicht nur, dass ich es in einem der schönsten Skigebiete Amerikas verbringen darf, sondern auch weil meine Karriere einen weiten Sprung nach oben gemacht hat. Ich, Emma Reed, werde Co-Produzentin eines weltweit geschalteten Werbespots sein! Das ist etwas, wovon ich während meines Studiums geträumt habe und nun ist es zum Greifen nah. Früher habe ich gestressten Leuten Kaffee verkauft und heute kann ich endlich beweisen, wie gut ich in meinem Job bin.

Gestern war ich noch ganz anderer Meinung, denn als Liam und ich uns zufällig berührt haben, war da wieder dieses Knistern zu spüren. Die tiefe Verbundenheit, die mich verwirrt und doch verzaubert. Das ist jedoch etwas, was ich jetzt unmöglich gebrauchen kann. Er ist nur ein Freund, mein Boss und ein Mann, in den ich verliebt war. Das Desaster mit Sean hat mich eines gelehrt: fang nie etwas mit deinem Boss an! Egal, wie gut er aussieht oder wie perfekt er zu dir zu passen scheint. Der Tratsch im Büro ist Beweis genug.

Nach einem nächtlichen Telefonat mit Aiden waren schließlich alle Zweifel beseitigt. Er hat mich ermutigt, diese Chance zu ergreifen und das Männerchaos endlich hinter mir zu lassen. Ich bin professionell. Ich werde ihm einfach aus dem Weg gehen und meine Arbeit machen. So schwer kann das doch nicht sein. *Oder?*

Liam steht schon am Gate und will gerade an Bord gehen, als ich auf ihn zukomme. Sein breites Lächeln und die türkisfarbenen Augen lassen mich sogar meine Flugangst vergessen. Neben ihm zu sitzen und seinen herrlichen Duft einzuatmen, lässt meinen Puls rasen.

Eifrig bemühe ich mich, an etwas anderes zu denken. Wie Spinnen. Ich hasse Spinnen. Doch das Bild des widerlichen Kriechtieres verschwimmt und macht Platz für Liam, der mich nach einer Schreiattacke wie ein edler Ritter rettet. Verwirrt schüttle ich den Kopf. Das nimmt ja eine völlig andere Richtung an, als ich mir das vorgestellt habe. Also noch mal. Etwas Abtörnendes. Camping, nach einer schrecklichen Festivalerfahrung, bei welcher ich mitten in der Nacht von einem Waschbär attackiert wurde, gehe ich Zelten gekonnt aus dem Weg. Geht doch, mein Herzschlag normalisiert sich. Plötzlich jedoch erscheint wie aus dem Nichts ein Bild von Liam und mir, wie wir an einem See zelten, uns aneinander schmiegen und unter klarem Sternenhimmel schlafen. Oh man, an etwas Abtörnendes zu denken, gepaart mit Liams Duft in der Nase, funktioniert einfach nicht.

Also plappere ich, erzähle ihm von meiner Flugangst und wie es dazu gekommen ist. Anders als erwartet greift Liam nach meiner Hand, verschränkt seine Finger mit meinen und jagt mir heiße Schauer über den Rücken. Ich höre, wie er etwas sagt, doch es dringt kaum zu mir durch. Denn das Einzige, was ich sehe, sind zwei Hände, die wie füreinander gemacht scheinen. Etwas, das mein Vorhaben, ihm aus dem Weg zu gehen, überaus schwierig macht.

Aspen ist kalt, verschneit und wundervoll. Ich war noch nie hier, habe aber gelesen, dass die Promis gerne herkommen, um Ski zu fahren. Die schneebedeckten Bergketten, die man vom Tal aus bestaunen kann, wirken majestätisch und zeitlos.

Im rustikalen, aber gemütlich wirkenden Hotel angekommen, sehe ich mich neugierig um. Da höre ich Liam plötzlich brüllen und bekomme mit, dass es ein Problem mit der Zimmerbuchung zu geben scheint. Die Art und Weise, wie energisch er darauf besteht, ein eigenes Zimmer zu buchen, ernüchtert mich. *Ist es ein Weltuntergang, sich eines mit mir zu teilen?* Ich dachte, er würde es mögen, mich um sich zu haben, doch seine Körpersprache sagt gerade etwas ganz anderes.

Da sich bereits einige Hotelgäste nach uns umdrehen, greife ich nach seinem Oberarm und versuche, ihn zu besänftigen. »Es wird schon nicht schlimm sein, sich mit mir ein Zimmer zu teilen, oder?«, frage ich und bemühe mich, zu lächeln, aber mein Herz ist noch immer schwer.

Liam antwortet nicht, starrt mich von oben bis unten mit undurchdringlicher Miene an. Dann schüttelt er den Kopf. »Entschuldige, was hast du gesagt?«, fragt er etwas verlegen und kratzt sich den Hinterkopf.

»Ach nichts.« Die Enttäuschung steigt in mir auf. Hört er mir denn gar nicht zu? Schließlich scheint er es sich anders zu überlegen und wir checken schweigend ein. »Wollen wir?«, fragt mich Liam und ich nicke nur. In meinem Kopf schwirren viele Fragen, während ich dem Pagen die Koffer überlasse und Liam schweigend zum Aufzug folge.

Die Honeymoon Suite ist der Inbegriff von Luxus. Das Zimmer ist so groß wie meine gesamte Dreizimmerwohnung. Auf eine weite Fensterfront folgt eine hochmoderne weiße Küche, am anderen Ende befinden sich eine Sitzgruppe sowie eine Ledercouch. Unmittelbar vor der Glasfront steht eine frei stehende Badewanne. Typisch für eine Flitterwochen Suite. Die Möbel an sich sind hell und modern, wirken bequem. Daneben ist das Schlafzimmer, ein Büro sowie ein riesiges Bad. Alles luxuriös.

Ich möchte gar nicht wissen, wie viel eine Übernachtung in dieser Suite kostet.

Mit klopfendem Herzen sehe ich abermals auf mein Spiegelbild. Die Haare habe ich locker hochgesteckt, einige Strähnen fallen mir jedoch immer wieder ins Gesicht. Diese gewellte Mähne ist einfach nicht zu bändigen. Das Make-up habe ich heute etwas dunkler aufgetragen, sodass meine Augen hoffentlich besser zur Geltung kommen. Dazu einen zartrosa Lippenstift. Heute Abend trage ich ein schwarzes Kleid, das an den Ärmeln teils mit durchsichtiger Spitze verziert ist.

Als ich mit dem Outfit zufrieden bin, gehe ich ins Wohnzimmer.

Liam steht an der frei stehenden Kochinsel und ist in eine Zeitung vertieft. Er trägt eine dunkle, etwas enger geschnittene Jeans und dazu ein weißes Hemd, dessen Ärmel er locker hochgekrempelt hat. Gepaart mit den blonden Haaren und seiner muskulösen Statur könnte er glatt als Topmodel durchgehen. Alleine der Anblick dieses Mannes erhitzt mein Blut und lässt meinen Puls in die Höhe schießen.

Meine Gedanken gefallen mir nicht. *Warum wirft mich Liam seit unserer ersten Begegnung nur so aus der Bahn? Warum muss er so verführerisch sein?* Antworten auf die Fragen habe ich nicht. Ich werde sie wohl auch nicht bekommen. Nur Gefühle, und jede dieser Empfindungen verstärkt sich, als er plotzlich den Blick hebt. Eine Weile ruht sein Blick auf mir, ohne ein Wort zu sagen, ohne eine Miene zu verziehen, die mir auch nur im Entferntesten verraten könnte, was er gerade denkt. Der Blick, mit dem er mich bedenkt, ist derselbe wie vor ein paar Stunden, als er mich in der Lobby betrachtet hat. Da er aber darauf bestanden hat, ein eigenes Zimmer zu bekommen, schätze ich mal, ist er noch immer sauer, dass er mich nun das ganze Wochenende am Hals hat.

Ich räuspere mich, da mich sein Starren nervös macht und es mir ehrlich gesagt auf die Nerven geht. *Wieso sagt er denn nichts, verdammt noch mal?* »Wollen wir?«, frage ich gereizt, denn wenn er nicht endlich den Mund aufmacht, gehe ich alleine ins Restaurant.

»Entschuldige, wir können gleich los«, erwidert er, legt die Zeitung beiseite und bedeutet mir mit der Hand, voranzugehen.

Im Restaurant ist die Hölle los. Es sind kaum mehr Tische frei und auch die Kellner eilen mit einer angespannten Hektik von einem Gast zum nächsten. Das Ambiente wirkt rustikal wegen der dunklen Holztische, antiken Dekorationen und ausgestopften Elchköpfe an den Wänden.

Der für uns reservierte Tisch ist der größte und durch Trennwände, die ihn von den anderen separieren, wahrt er die Privatsphäre, sodass wir von der allgemein herrschenden Hektik nur noch wenig mitbekommen. Neben Liam sitzen der Kameramann Hank, sein Assistent Mitch, der Regisseur Michael und die Visagistin Angela. Mein Boss stellt uns einander vor. Drei Plätze sind leer und Michael erklärt, dass die Models für den Spot sich etwas verspäten. Typisch Promis! Immer müssen sie einen auf wichtig machen.

»Brad kommt mit seiner Freundin Karen. Helen, das Model, steckt im Stau fest. Es herrscht ein fürchterlicher Schneesturm.«

»Hoffentlich kommt sie sicher hier an«, kommentiert Angela und nippt an ihrem Rotweinglas.

Im Laufe des Abends besprechen wir den Zeitplan für den nächsten Tag. Die Innendrehs sollen in Filmstudios stattfinden und die Außenaufnahmen werden im Wald gedreht, falls der Schnee nachlässt. Im Notfall müssen wir zu einer Waldkulisse in den Filmstudios wechseln. Liam schenkt mir währenddessen kaum Beachtung, was mich leider dazu verleitet, mehr Rotwein zu trinken, als ich vorhatte. Leicht angeheitert unterhalte ich mich mit Angela über Make-up. Eigentlich ein Thema, über das ich nicht viel zu sagen habe, jedoch wirkt die junge Blondine sehr sympathisch.

»Na endlich!« Liam klatscht laut in die Hände und erhebt sich. Ich folge seinem Blick und sehe eine schlanke Frau mit langem schwarzem Haar und einem Körperbau, für den ich einen Mord begehen würde.

»Karen Kerr. Freut mich«, stellt sie sich vor und ist nicht nur wunderschön, sondern auch total nett. Sie erinnert mich ein wenig an Nia.

»Wo ist Brad?«

»Er ist noch in der Lobby und wird aber gleich kommen.«

Im selben Moment, in dem sich Karen hinsetzt, muss ich auf die Toilette. War ja klar, immerhin habe ich fast eine Flasche Rotwein aus Frust getrunken. »Entschuldigt mich«, sage ich und will gerade gehen, als Liam sanft meine Hand drückt.

»Warte kurz, ich möchte dir noch schnell das männliche Model vorstellen.«

Ich beobachte, wie er jemandem zuwinkt. Na toll, ich soll einem bekannten Sportler und Model vorgestellt werden, während mein Blase drückt und mir schwindelig wird. »Emma, das ist Brad«, stellt er mir den attraktiven Mann vor mir vor. Mir dreht sich der Magen um und ein nervöses Zittern erfasst meine Beine. Denn vor mir steht Bradley Johnson! Meine erste Liebe und bitterste Enttäuschung.

109

KAPITEL 18

Emma

»Emma? Bist es wirklich du?«, fragt mich mein Ex und setzt sein charmantestes Lächeln auf. Etwas, das mich früher beflügelt hat. Jetzt lässt es mich jedoch fast zusammenbrechen.

»Hey Brad. Ja, ich bin's«, begrüße ich ihn mit gebrochener Stimme. Es ist mittlerweile fast drei Jahre her, dass er mich für eine andere verlassen hat. Damals war er noch ein Nobody in der Reitszene, hat es durch meinen Namen und der Hilfe meiner Eltern ganz nach oben geschafft. Kaum war er berühmt, ließ er mich stehen und mein Herz brach in Millionen Einzelteile.

»Es freut mich, dich wiederzusehen. Kennst du schon meine Freundin Karen?«, fragt er und deutet auf die dünne Traumfrau, die neben Mitch sitzt.

»Ja, wir haben uns bereits vorgestellt«, antworte ich beklommen und setze mich schnell, damit er mich nicht noch mehr fragen kann. Bradley läuft um den Tisch herum, nimmt neben seiner Freundin Platz und beginnt ein Gespräch mit Michael. Fassungslos und leicht betrunken starre ich mir stumm auf die Hände. Die anderen unterhalten sich ungezwungen weiter, nur Liam nicht. Ich spüre seinen Blick auf mir, kann mich aber nicht rühren. Brad wiederzusehen erinnert mich an viel Schmerz und tränenreiche Nächte, dass ich die Wunde im Herzen erneut bluten fühlen kann, dabei sollte sie längst verheilt sein.

»Emma? Ihr kennt euch?«, flüstert mir Liam zu, der meine Unruhe sofort bemerkt hat. Ich nicke hastig, kann aber nicht sprechen und traue mich nicht mal, in Brads Richtung zu sehen. Keiner möchte an seine erste große Liebe erinnert werden, wenn der Freund einem gesagt hat, dass man zu unattraktiv ist, geschweige denn, ihn tatsächlich irgendwann wiedersehen. »Emma, was ist los? Du zitterst ja«, bemerkt Liam alarmiert und streicht mir über den Oberarm, um mich zu beruhigen.

Mein Körper bebt, verfällt in alte Muster, als ich mich wochenlang durch den Tag weinte. Ich hebe den Blick. Meine Augen sind glasig, die Stimme nur ein Flüstern. »Das ist Brad … mein … Ex…freund.«

»Der …?«

»Genau. Der mich für eine *Bessere* verlassen hat.« Als ich es ausspreche, ist es wie ein Dolchstoß ins Herz. Nach der Trennung war mein Selbstwertgefühl im Eimer, da Brads nächste Freundin dürr wie ein Strohhalm war. Der Schock, ihn nun nach all der Zeit wiederzusehen, gepaart mit dem Alkohol und den starken Gefühlen, die ich für Liam empfinde, lassen mich beinahe in Tränen ausbrechen. Wie soll ich den morgigen Tag überstehen und nicht ständig daran zurückdenken, dass Brad mir gesagt hat, er hätte mich nie geliebt und ich wäre ihm zu dick.

Als meine Augen feucht werden, entschuldige ich mich leise und fliehe in die Damentoilette. Ich lasse das kalte Wasser zwischen den Fingern hindurchfließen und lege die nassen Hände in den Nacken. Der Tag hat schön begonnen. Ich habe mich riesig auf den Dreh gefreut und auf das Wochenende in Aspen. Allerdings ist die Begegnung mit Brad, der wieder mein Selbstwertgefühl in den Keller fallen lässt, eine eiskalte Dusche für mich. Diese verdammten Männer müssen abgeschafft werden! Zumindest die, die mir den Verstand rauben!

Ich beschließe, sofort auf mein Zimmer zu flüchten und mir ein großes Schaumbad einzulassen. Liam isst sicher noch Stun-

111

den mit den Anderen zu Abend. Das heißt für mich, Zeit um wieder runterzukommen.

Etwas gefasster öffne ich die Tür, höre das Stimmengewirr im Restaurant. Als ich um die Ecke biegen will, hält mich eine Stimme zurück. »Du weißt, dass Brad dich nie verdient hatte. Oder?«, flüstert Liam hinter mir.

Ich drehe mich um und sehe ihn an die Wand gelehnt mit den Händen in den Hosentaschen. »Keine Ahnung«, hauche ich und knete verlegen meine Finger. *Was soll ich schon darauf antworten?* Was sagt man seinem Boss in solch einer Situation. Ich bin ein Wrack, dessen Vergangenheit es einholt und in die Knie zwingt.

»Aber ich weiß es. Emma, du darfst dich nicht verunsichern lassen. Du bist wunderschön, wie du bist, und ein Möchtegern-Model sollte das nicht infrage stellen.« *Ach Liam, ich bin eine Frau!* Das tun wir eben. Wir analysieren alles, was ihr Männer sagt, bis ins kleinste Detail, und falls wir nur einen Hauch von negativen Schwingungen erkennen, machen wir dicht!

»Danke Liam, aber du solltest jetzt zu den Anderen gehen. Sie warten sicher schon auf dich.« Etwas in mir möchte alleine sein, in Selbstmitleid versinken, doch ein anderer verdammter Teil in mir sehnt sich nur danach, von ihm in den Arm genommen zu werden.

Liam fixiert mich mit einem intensiven Blick, der heiße Stromstöße durch meinen Körper jagt. Er kommt mit langsamen, sicheren Schritten auf mich zu, raubt mir mit seiner einnehmenden Präsenz den Atem. »Es gibt keinen Ort, an dem ich lieber wäre, als jetzt hier bei dir.«

Ich halte die Luft an, als Liam die Hand hebt und mir über die Wange streichelt. Oh *nein, wir dürfen das nicht!* Ich habe mir fest vorgenommen, allen Typen mit dem Nachnamen Coleman aus dem Weg zu gehen.

»Nur ein Wort«, raunt er mir ins Ohr, schnuppert an meinem Haar. »Nur ein Wort genügt. Sag, ich soll aufhören, Emma. Sag, dass du nichts für mich empfindest, und ich werde dich nie wieder derart belästigen.«

Stille. Ich kann nicht sprechen, denn es wäre gelogen, wenn ich ihn jetzt zurückweisen würde. Mein Herz will ihn mit Haut und Haaren, doch mein Kopf stellt sich wie ein Panzer dagegen, will unbedingt die professionelle Geschäftsfrau spielen.

»Ich weiß, dass du mich willst, und ich will dich auch, mehr als je eine Frau zuvor.« Mit diesen Worten ist es um mich geschehen. Meine Augen tauchen in das sanfte Blau seiner Iris ein, verlieren sich darin. Liams Mundwinkel ziehen sich nach oben, als er merkt, wie ich die kurz angehaltene Luft ausatme. Anscheinend ist er sich seiner Wirkung auf mich bewusst. Dann passiert es. Liam legt seine Lippen auf meine und lässt mich vor Sehnsucht fast schmelzen. Von einer Sekunde auf die andere entflammt ein Feuer in mir, das mich nicht mehr klar denken lässt.

Augenblicklich schlinge ich die Arme um seinen Nacken, lasse zu, dass er mich fest an sich drückt. Ich bekomme nichts mehr mit, weder das Stimmengewirr noch die Musik, die im Hintergrund spielt. Es gibt nur Liam und mich. Zärtlich haucht er meinen Namen, entlockt mir ein Stöhnen. Er zieht mich zur Damentoilette, öffnet mit einer Hand die Tür, schiebt mich hindurch und weiter zurück, bis ich das Waschbecken am Po fühle. Noch immer liegen seine Lippen auf meinen, lösen sich keine Sekunde von meinem Mund. Unsere Zungen umspielen einander, verlieren sich in einem Tanz der Begierde, die unmöglich zu stillen ist.

Meine Hände wandern zu seinem Haar, vergraben sich darin und ziehen leicht daran. Dieser Gott von einem Mann lächelt in den Kuss hinein, dann spüre ich, wie seine Hände meinen Körper quälend langsam entlangfahren, bis er bei den Oberschenkeln ankommt und sie packt. Mit einem männlichen Grollen, das mir sogar bis in den Unterleib widerhallt, hebt er mich hoch und setzt mich auf dem Waschbecken ab.

Überrascht stöhne ich laut auf, beiße ihm neckisch in die Unterlippe. Sehnsüchtig wandern meine Hände zu dem weißen Hemd, knöpfen es auf, streifen es ab und streicheln zärtlich über die feste Brust. Liams erhitzte Haut zu spüren, ihn zu liebkosen, lässt mich vor Verlangen beinahe den Verstand verlieren. Wie gerne würde ich diesen muskulösen Oberkörper noch länger bestaunen, doch seine Lippen nehmen mich ein, lassen mich nicht fort.

Liam macht es mir nach, greift nach meinem Shirt und will es mir ausziehen, als eine Frau erschrocken aufschreit. »Herrgott, haben Sie mich erschreckt! Was machen Sie denn da?«, fragt die Dame mit schneeweißem Haar und dem goldenen Hosenanzug empört.

Während ich vom Waschbecken springe und Liam von mir wegschiebe, laufe ich knallrot an. Ich öffne den Knoten und lasse mir die Haare offen über die Schultern fallen. Dabei nehme ich viel Abstand von Liam, er zieht sich ohne jegliche Eile sein Hemd wieder an, bevor er das Wort ergreift. »Entschuldigung, Ma'am. Wir sind in den Flitterwochen und konnten uns nicht beherrschen.«

Die Miene der Fremden entspannt sich und sie schmunzelt, als Liam den Arm um mich legt und mich fest an sich drückt. »Ach, ich war auch mal jung. Herzlichen Glückwunsch.«

»Dankeschön«, antwortet Liam und zieht mich hinter sich her. Dieser wundervolle Mann wirkt glücklich und gelöst, doch ich möchte am liebsten die Zeit zurückdrehen. Denn so toll dieser Kuss auch war, er durfte nicht sein. Liam ist mein Boss und ich habe mir geschworen, nie wieder etwas mit einem anzufangen. *Oh mein Gott, was habe ich getan?*

KAPITEL 19

Liam

»Das war ganz schön knapp«, sage ich lachend, als Emma und ich durch den Flur in Richtung Restaurant gehen. Ich bekomme jedoch keine Antwort. Emma bleibt mitten im Gang stehen und starrt auf den Boden. Mit gerunzelter Stirn nähere ich mich ihr. *Weshalb ist sie wieder kühl und distanziert? Bereut sie den Kuss? Oder ist es wegen diesem Brad?*

»Emma, was ist los?«, flüstere ich, will sie in den Arm nehmen, doch sie weicht erschrocken zurück. Als sie den Kopf hebt, stockt mir der Atem. Emma weint, dicke Tränen perlen ihr Gesicht hinunter. Erschüttert starre ich sie an.

»Liam, es tut mir so leid.«

»Was tut dir leid?«

»Der Kuss. Dass ich dir damit vielleicht Hoffnungen gemacht habe. Ich … Ich leugne nicht, dass ich etwas für dich empfinde. Sehr viel sogar. Aber ich möchte kein Drama mehr. Die Sache mit Sean hat mich eines gelehrt, dass man Privates von Beruflichem trennen sollte.« Sie schluchzt und zittert dabei wie Espenlaub.

Ich kann nicht fassen, was ich gerade höre! Sie denkt, ich könnte sie verändern und einnehmen wollen, wie Sean es getan hat? »Emma, ich weiß, dass die Sache mit Sean dir zugesetzt hat, aber ich bin nicht wie er.«

Plötzlich verziehen sich ihre Mundwinkel zu einem Lächeln, dass ich in keiner Weise nachvollziehn kann. »Du bist definitiv nicht wie er. Du bist wunderbar und ich bin nicht die Richtige

115

für dich. Du bist mein Boss und mehr sollte zwischen uns nicht sein. Nicht mehr als Freundschaft.«

Ich möchte etwas sagen, ihr beweisen, dass die Agentur nicht zwischen uns stehen muss. Aber Emma gibt mir keine Chance dazu, geht an mir vorbei und lässt mich stehen. *Warum zum Teufel muss alles kompliziert sein? Wieso muss Emma kompliziert sein?* Natürlich verstehe ich, dass sie eine schlimme Trennung hinter sich hat, aber ihre Gefühle für mich sind schon so lange da, dass ich gehofft hatte, sie würde sich endlich für uns entscheiden. Wieder einmal werde ich bitter enttäuscht.

Den restlichen Abend sitze ich schweigend neben der Crew, bekomme kaum mit, worüber sie reden. Um Mitternacht verlasse ich das Restaurant, steige in den Fahrstuhl. Meine Gedanken kreisen noch immer um den berauschenden Kuss und um Emmas Abweisung. Der Kuss war wirklich atemberaubend, umso schlimmer fühle ich mich, nachdem sie mich wieder von sich gestoßen hat. Ich stecke die Karte in den Schlitz, bis das Licht grün blinkt, öffne leise die Tür und trete ein.

Eine Stehlampe taucht das Wohnzimmer in gedämpftes Licht. Sogar vom Türrahmen aus sehe ich sie. Emma liegt auf der Couch, eingemummt in die Bettdecke und schläft. Das Kaminfeuer ist ausgegangen, nur die Glut glimmt noch schwach. Kopfschüttelnd gehe ich auf die Frau zu, die mir den Verstand und alle Nerven raubt. Sie sieht friedlich aus, wenn sie schläft, wie ein Engel. Seufzend hocke ich vor ihrem Gesicht, streiche ihr zärtlich über die Wange. Sie schmunzelt und sieht dabei so bezaubernd aus, dass sich meine Mundwinkel ebenfalls nach oben ziehen. Sie hier glücklich schlafen zu sehen, lässt mein Herz aufgehen. Das Verlangen nach ihr schwächt nicht ab, wird mit jedem Tag stärker. »Oh Emma, was machst du nur mit mir«, flüstere ich leise, hebe sie vorsichtig hoch und trage sie ins Schlafzimmer.

Das Klappern von Geschirr weckt mich. Verschlafen reibe ich mir die Augen und sehe mich um. Ich liege auf der Couch des Aspen Grand Hotels und erkenne, dass Emma in der Küche hantiert. Müde fahre ich mir übers Gesicht und sehe auf das Display meines Smartphones. Fünf Uhr morgens. Kein Wunder, dass draußen noch keine Sonne scheint. Es ist mitten in der Nacht!

Ich werfe die Decke zur Seite, stehe auf und begebe mich in die Wohnküche. Emma hat anscheinend schon Frühstück bestellt und sortiert jetzt alles aufs Tablett. »Guten Morgen«, grummle ich. Es ist definitiv zu früh für mich.

»Morgen«, erwidert sie den Gruß verlegen. »Ich wollte dir gerade Frühstück ans Bett bringen. Als Entschuldigung für gestern.«

»Du meinst wohl eher an die Couch«, sage ich, entlocke ihr ein Lächeln. Na geht doch!

»Stimmt. Also wirst du dich jetzt bitte hinlegen, damit ich es dir servieren kann?«

»Aber ich bin doch schon aufgestanden.«

Emma verdreht die Augen. »Das ist aber nicht dasselbe«, jammert sie wie ein Kleinkind.

Ich hebe resignierend die Hände. »Okay, okay, ich lege mich wieder hin.«

»Na geht doch!« Sie klatscht in die Hände und schnappt sich das Tablett. Ich lege mich auf die Couch und grinse Emma an, die mit zittrigen Fingern versucht das Essen zu bringen. Hoffentlich landet das wohlduftende Frühstück nicht auf meinem Kopf, anstatt in meinem Mund. Ohne Komplikationen schafft sie es, es mir auf das Tischchen zu bringen.

Ich falle wie ein Bär über das Essen her, wundere mich, dass sie nichts isst. Mit vollem Mund sehe ich sie an, wie sie verlegen auf ihren Schoß starrt. »Alles okay? Warum isst du nichts?«

Sie hebt unsicher den Blick. »Es tut mir leid wegen gestern«,

117

flüstert sie. Ich lege das Besteck zur Seite und wende mich ihr voll und ganz zu. »Ist schon gut. Lass es uns vergessen und einfach weitermachen, okay?« Sie nickt dankbar und greift zur Gabel. »Ich dachte schon, ich müsste dieses Riesenfrühstück alleine verdrücken.« Emma lacht laut auf, und ich habe das Gefühl, als machte alleine ihr Lächeln mich unsagbar glücklich.

Nach dem Frühstück fahren wir direkt in die Filmstudios, um die Innenaufnahmen abzudrehen. Schon während des ganzen Tages klebt Helen, das weibliche Model, an mir. Gestern verspätete sie sich durch den Schneesturm um drei Stunden und kam erst kurz vor Mitternacht im Hotel an. Ich bemerke ihr Interesse an mir, bleibe aber professionell und weiche diversen Flirtversuchen aus.

Nach rund vier Stunden sind die Büroszenen im Kasten, und wir fahren in den Bikerest Park in der Nähe des Hotels. Es herrschen Minus acht Grad und der Dreh zerrt an den Kräften von allen. Der Schneesturm hat zwar aufgehört, dennoch war es schwierig, die Szenen zu drehen. Auch während des Außendrehs verschont Helen mich nicht mit ihren Flirtversuchen. Diese Frau weiß anscheinend keine Signale zu deuten.

Als ich ihr wieder eine zusammenhanglose Frage beantworte, blicke ich kurz zu Emma, die neben Mitch steht und mich mit Argusaugen beobachtet. Ihre Miene ist finster, geradezu kalt. Jedoch sieht sie nicht mich an, sondern starr auf Helen. *Ist sie etwa eifersüchtig?* Was für ein süßer Gedanke!

»Das war's. Die letzte Szene haben wir im Kasten!«, ruft Michael, der Regisseur, aus und alle jubeln und klatschen. Immerhin haben wir es stundenlang in der Kälte ausgehalten.

Im Hotel angelangt, wärmen wir uns mit Glühwein auf und stellen erfreut fest, dass wir morgen überraschend einen freien Tag genießen können. Zwar war auch der Sonntag als Drehtag geplant, doch da wir gut in der Zeit waren, haben wir alles schon am Samstag geschafft. Immerhin haben wir neun Stunden am Stück gedreht. Emma hingegen scheint nicht gut drauf zu sein. Den Tag über hat sie kaum ein Wort gesprochen, außer, wenn es um den Werbespot ging. Sie hat die Distanz gewahrt, wie es sich gehört zwischen einer Mitarbeiterin und ihrem Boss. Doch das gefällt mir ganz und gar nicht. Früher haben wir scherzen, uns unterhalten oder einfach Spaß machen können.

»Also Helen und du, hm?«, bricht es plötzlich aus ihr heraus, nachdem wir in unserer Suite angelangt und unter uns sind. Sie steht mit verschränkten Armen vor der Brust vor mir, funkelt mich an.

»Wie bitte?« Ich brauche eine Weile, um ihr zu folgen.

»Na, Helen. Sag bloß, du hast nicht bemerkt, wie billig sie dich angemacht hat.«

Oh, da hat die Katze ihre Krallen ausgefahren. Hm, wollen wir doch mal sehen, wie sehr es dich stört. »Klar habe ich es bemerkt.« Ich zucke mit den Achseln und scheine sie mit meiner Gleichgültigkeit zur Weißglut zu treiben.

»Und so etwas gefällt dir?«, fragt sie gekränkt.

»Immerhin steht sie zu ihren Gefühlen. Anders als andere Frauen.«

Sie zeigt drohend mit dem Zeigefinger auf mich. »Wage es ja nicht, mich in einem Satz mit dieser Frau zu nennen!«

»Was hast du gegen Helen? Du hast doch keine zwei Sätze mit ihr gesprochen«, erwidere ich, das Unschuldslamm mimend.

Emma ringt sichtlich um Beherrschung. »Ich finde sie unprofessionell. Einfach den Projektleiter anzubaggern, ist echt unterste Schublade.« Sie redet sich in Rage.

»Bist du etwa eifersüchtig?«

Ihre Brauen schießen nach oben. »Ich? Also … Ich … Pff! Auf diese Frage muss ich nicht antworten«, entgegnet sie trotzig und dreht mir den Rücken zu. Emma blickt hinaus, wo gerade die Sonne über dem verschneiten Aspen untergeht.

»Brauchst du auch nicht. Ich weiß auch ohne Antwort, dass es die Wahrheit ist.«

»Ach, glaub doch, was du willst. Am besten gehst du zu Helen ins Zimmer und schläfst die Nacht bei ihr, wenn sie dir ja gefällt!«, keift sie mich an.

»Vielleicht mache ich das«, zische ich zurück. Diese Frau kann einen echt wahnsinnig machen! Sie soll einfach mal Klartext reden und sagen, was sie will!

Emma sieht mich empört an und wendet sich schließlich ab. Stocksauer geht sie auf die Terrassentür zu, öffnet sie hastig und steigt hinaus in den dicken Pulverschnee. Unfassbar! Ehe sie zugibt, eifersüchtig zu sein, geht sie lieber bei Minus acht Grad raus.

Kopfschüttelnd gehe ich zur Tür und sehe hinaus, wie sie immer weitergeht und fröstelnd die Arme um sich schlingt. Natürlich hat sie keine Jacke mitgenommen. Ich greife nach ihrem Mantel und öffne die Tür, um ihr nachzugehen. Sie wird sich den Tod holen. Als ich jedoch nach ihr rufen und mich bei ihr entschuldigen will, höre ich sie plötzlich schreien.

KAPITEL 20

Emma

»Dieser blöde Arsch«, knurre ich zähneklappernd und reibe mir die Oberarme. Ich bin ganz schön lebensmüde, ohne Jacke in den verschneiten Privatgarten des Hotels zu gehen. Aber ich konnte einfach nicht länger mit Liam im selben Raum bleiben. Den ganzen Tag habe ich Helen schon dabei beobachtet, wie unverschämt sie Liam angemacht hat. Und alleine daran zu denken, Liam würde sich auch nur einen Hauch für diese Frau interessieren, lässt mich verrückt werden vor Eifersucht.

Das ist doch völliger Schwachsinn!, schreit mich mein Unterbewusstsein an. *DU wolltest ihn nicht. Damals nicht und gestern auch nicht! Also hast du nicht das Recht, ihm zu verbieten, mit anderen Frauen zu flirten.*

Es ist die Wahrheit. Diese Erkenntnis trifft mich hart. Liam ist mir nichts schuldig, kann tun und lassen, was er will. Stocksauer über mich selbst, Liam, Helen und mein ganzes turbulentes Leben, gehe ich schnurstracks geradeaus, ohne zu wissen, wohin ich überhaupt stapfe. Hauptsache weg von ihm. Ich ertrage das stetige Pochen in meinem Herzen nicht mehr.

Der Schnee knirscht mit jedem Schritt, den ich gehe. Da fühle ich auf einmal diese Leere in mir, habe das Gefühl, nicht vollständig zu sein. »Oh Gott, was soll ich nur tun?« Ich seufze, schließe die Augen und hoffe, auf diese Art klarer im Kopf zu werden.

Meine Umgebung nehme ich kaum noch wahr, die Kälte ver-

121

blasst und ich mache in Gedanken eine Reise in die Vergangenheit. Ich sehe den Autounfall vor mir, als wäre ich noch einmal dort, spüre die Präsenz, die Liam von Anfang an auf mich ausgeübt hat. Das Prickeln des Beinahekusses erfasst mich, während die Erinnerungen an Lilys Hochzeit, gefolgt von jener an unseren ersten Kuss über mich hereinbrechen. Vor mir sehe ich das Bettelarmband, das jede schöne, noch so kleine Erinnerung widerspiegelt und das ich nie abnehme.

Als ich die Augen öffne, ist es wie ein Blitzschlag, der mich endlich meine wahren Gefühle erkennen lässt. *Ich liebe Liam!* Schon von Anfang an. Gefühle für Sean kamen dazwischen, den ich ebenfalls aufrichtig geliebt habe, aber nie genug. Die Verbindung zwischen Liam und mir geht weitaus tiefer. Mit ihm fühle ich mich vollkommen, sicher und geliebt. Ich kann mit ihm lachen, weinen und einfach ich selbst sein. Die Arbeit sollte mich nicht davon abhalten, mit dem Mann zusammen zu sein, den ich von ganzem Herzen will. Jobangebote gibt es überall, aber nur einen Liam Coleman. Mein Boss, mein Freund, mein Seelenverwandter.

Abrupt bleibe ich stehen. *Ich muss sofort umdrehen und es ihm sagen. Schluss mit dem Weglaufen vor meinen Gefühlen. Er wartet doch auf mich, nicht wahr? Ich habe es in seinen Augen gesehen – nicht nur gestern. Es ist die ganze Zeit schon da.*

Ich fasse Mut, will umkehren und ihm endlich meine Liebe gestehen, ehrlich zu mir selbst sein, da höre ich plötzlich ein Knacken. Es klingt, als käme es direkt von unten. Ich rühre mich nicht, lausche dem befremdlichen Geräusch, das ich nicht zuzuordnen weiß.

Bevor ich weiß, wie mir geschieht, bricht der Boden unter meinen Füßen weg und ich stürze in eiskaltes Wasser. Ich schreie. Das Eiswasser schmerzt wie tausend Nadelstiche auf der Haut, saugt sich in meine Kleider, zieht mich nach unten.

Panisch rudere ich mit den Armen und versuche, mich irgendwo festzuhalten und aus dem Wasser zu ziehen. »Hilfe!«

Überall sind Schnee und Eis. Ich zittere am ganzen Leib, fühle die Kälte in den Gliedern, die sich mehr und mehr in meine Knochen frisst. Wieder rufe ich um Hilfe, doch ich befürchte, dass ich mich zu weit vom Hotelgelände entfernt habe, als dass mich jemand hört.

Ich umklammere den Rand, habe kaum Kraft in den Händen. Sobald ich auch nur den Versuch wage und alle Energien aufbringe, mich hochzustemmen und dem eiskalten Wasser zu entfliehen, bricht das Eis und vergrößert das Loch, in das ich eingebrochen bin. Ich habe keine Stimme mehr, alles in mir zieht sich schmerzhaft zusammen. Das Eiswasser lähmt mich, die stechenden Schmerzen spüre ich kaum mehr. Ich werde müde, immer müder, spüre, wie meine Lider ganz von selbst zufallen. Nur mit Mühe schaffe ich, sie aufzuhalten, strample mit den Beinen, um nicht unterzugehen.

Wieder und wieder versuche ich, hinauszuklettern, aber es wiederholt sich nur. Ich breche ein, verschwende meine Kraft. Obwohl kaum Zeit vergangen ist, fühlt es sich schon jetzt wie eine Ewigkeit an. *Ist das mein Ende? Werde ich hier sterben, ohne Liam je meine Gefühle gestehen zu können?* Es ist … bitterkalt.

»Emma!« Liam! *Er ist mir nachgegangen?*

»Ich bin hier«, flüstere ich gebrochen, kann kaum sprechen.

Es dauert einen Moment, bis er mich entdeckt. Hat er da eine Leiter in der Hand? Sein Blick wirkt erschrocken, aber er ist ganz ruhig und legt die Sprossenleiter sachte in den Schnee. Sie reicht bis zum Loch, in dem ich festsitze.

»Greif nach dem Ende der Leiter und halte dich gut fest. Ich ziehe dich dann raus. Okay?«

Ich nicke kraftlos und fasse nach den Sprossen. Sie sind eben-

123

so kalt, wie meine Hände. Es dauert einen ganzen Moment, bis ich die von der Eiseskälte stocksteifen Finger darumgelegt habe und glaube, mich festhalten zu können. Auf ein Nicken lasse ich mich aus dem Loch herausziehen, spüre anfangs das Eis weiter unter meinem Gewicht brechen, bis ich endlich oben ankomme.

Zitternd vor Kälte schlinge ich die Arme um mich. Sofort eilt Liam zu mir, nimmt mich in den Arm, drückt mich fest an sich. »Oh Gott, Emma. Ich hatte solche Angst um dich!«, gibt er zu und schenkt mir alleine mit seinen Worten ein wenig Wärme.

»Liam … Ich …«, setze ich an, schaffe aber nicht, weiterzusprechen. Der Wind erfasst meinen kalten Leib, peitscht in schmerzhaften Böen. Dann wird alles um mich herum schwarz.

Zaghaft öffne ich die Augen. Das Abendrot leuchtet in einem warmen Goldorange durch die Fensterfront. Ich liege auf dem Bauch, schmiege meine Wange an das weiche, leicht behaarte Kissen. Mein Schädel brummt und tut höllisch weh, sodass ich die Lider ächzend wieder schließe. Ich höre das Knistern des Kamins, fühle mich wohl und geborgen. Da spüre ich auf einmal eine raue Hand, die mir über den nackten Rücken streichelt. Ein wohliger Schauer erfüllt mich, ehe ich erschrocken innehalte. Ich öffne erneut die Augen, hebe den Kopf und blicke in das Gesicht meines Bosses. Ich liege in Liams Arm. Ohne an mir herunterzusehen, weiß ich, dass Liam und ich nur in Unterwäsche bekleidet auf vor dem Kamin ausgebreiteten Felldecken liegen. Ich schlucke, fühle meinen ganzen Körper vor Erregung zittern, als ich auf seine feste Brust sehe, auf der nun meine Hände ruhen. Ihn so zu spüren, Haut an Haut, ist schöner, als ich es mir je erträumt hätte.

»Hey«, flüstert er und streicht mir über die Wange. Genüsslich schließe ich die Lider, drücke leicht gegen seine offene Handfläche. Es fühlt sich gut an, hier mit ihm zu liegen. Als ich sie wieder öffne und seinem Blick begegne, schlägt mein Herz wild und hart gegen die Brust, verzehrt sich nach seinen Berührungen. Wenn Augen streicheln könnten, würde er das gerade tun. Nur in diesem einen Blick erkenne ich die tiefe Liebe, die er für mich empfindet, die lodernde Sehnsucht, gepaart mit aufflackernder Angst.

»Hey.«

»Alles in Ordnung? Ist dir noch kalt? «

»Nein, es geht wieder.« Mir wird ganz anders, wenn ich an vorhin denke. Meine Eifersucht, der Streit, der See und die Kälte, die mich gelähmt hat. All das hätte nicht passieren müssen, wenn ich von Anfang an ehrlich zu mir selbst gewesen wäre.

»Danke, Liam. Du hast mich gerettet.«

Er lächelt und streichelt ganz langsam meinen Oberarm. »Es war mir eine Ehre, aber tu das ja nie wieder, okay?«

Ich kann mir ein Lächeln nicht verkneifen. »Versprochen. Ich will dieses eiskalte Wasser bestimmt nicht wiedersehen.«

»Hast du Schmerzen? Oder ist dir schwindelig?«, fragt er besorgt, streicht mir liebevoll übers Haar. Ihn scheint es gar nicht aus der Ruhe zu bringen, dass wir halb nackt aufeinanderliegen. Als Antwort schüttle ich den Kopf, spüre, wie mein ganzer Körper danach schreit, von Liam berührt zu werden. »Das ist gut. Doktor Mitchell, der Hotelarzt, hat dich vorhin untersucht und mir erklärt, ich sollte dich warm halten und bei etwaigen Schmerzen ins Krankenhaus bringen.«

»Nein, mir geht es gut, ehrlich, und kalt ist mir auch nicht mehr.«

Liam schenkt mir ein süffisantes Grinsen. »Na ja, bei Unterkühlung hilft ja direkter Hautkontakt, und da dachte ich mir, ich spiele den edlen Ritter und rette dich vor dem Erfrierungstod.«

Lachend kann ich nicht widerstehen, ihm über die Brust zu streichen, die fest und doch weich ist. Ich spüre, wie sehr er sich verspannt und nach Luft schnappt. Meine Wangen erröten, als ich an den Streit denke und was ich ihm alles aus Eifersucht an den Kopf geworfen habe. Beschämt senke ich den Blick. »Es tut mir auch leid, dass ich dich vorhin angefaucht habe. Ich hatte Angst, du könntest mich abgehakt haben und auf Helens Flirtversuche eingehen wollen. Den Gedanken konnte ich nicht ertragen.«

Liam legt seinen Daumen und Zeigefinger unter mein Kinn und hebt es an, sodass ich ihm wieder in die Augen schaue. Dort sehe ich nichts weiter als Liebe und tiefe Gefühle, die er für mich hegt. Liam nimmt meine Hand und legt sie sich auf die linke Brust. Sein Herzschlag wirkt aufgewühlt, rast. Dann legt er die Hand über meine. »Spürst du das? Fühlst du, was mit mir geschieht, sobald du in meiner Nähe bist? Keine Frau kann dir das Wasser reichen, Emma. Und als ich dich heute im Eis gesehen habe, wurde mir eines klar. Dass ich nicht ohne dich leben kann. Ich liebe dich. Mit meinem ganzen Herzen und meiner Seele gehöre ich dir. Für immer.«

Das ist das schönste Liebesgeständnis, das ich je bekommen habe und mein Herz geht auf. Ich fühle mich, als würde ich schweben und Millionen Schmetterlinge in meinem Bauch flattern. Nach all dem Drama und Stress liebt mich dieser Mann noch immer. Ein Glücksgefühl, das ich noch nie erlebt habe, durchströmt mich und ich bin mir sicher, noch nie in meinem Leben so gefühlt zu haben. Meine Augen füllen sich mit Tränen, da ich überwältigt bin, ihm endlich nahe zu sein. Liam streichelt meine Wange, lächelt mich an. »Nicht weinen, Emma. Ich weiß, ich überfordere dich hier gerade, aber ich will ehrlich zu dir sein.«

Ich schüttle hastig den Kopf, da er meine Tränen anscheinend falsch auffasst. »Ich verstehe gar nicht, wie ich dich verdient habe. Ich mache immer alles falsch, trete in mehr Fettnäpfchen als auf Treppenstufen und blamiere mich oft. Und doch liebst du mich« Ich schluchze lachend.

Liams heißer Atem streift meine Wange, ehe er die Hand um meinen Nacken legt und meine Lippen mit seinen bedeckt. Er küsst mich, als würde er ertrinken und ich wäre die Luft, die er zum Atmen braucht. Innig, leidenschaftlich und doch zärtlich. Ich lasse mich fallen, genieße den Moment, den ich lange herbeigesehnt habe.

KAPITEL 21

Emma

Wir liegen auf den Decken, küssen uns und die Zeit scheint still zu stehen. Es gibt keinen Anfang und kein Ende, nur wir beide alleine in unserer Liebe verwoben. Die Küsse sind zärtlich, doch voller Leidenschaft. Ich spüre, wie ich vor Lust erzittere, sobald seine Zunge die meine sanft streichelt. »Ich liebe dich, Emma«, flüstert Liam an meinen Lippen, dann wandert sein Mund weiter zum Hals, den er mit winzigen, unzähligen Küssen bedeckt.

Ich neige den Kopf zur Seite, um ihm den Weg frei zu machen, und genieße jede Liebkosung. Zu lange habe ich mich gegen seine Annäherungen und meine verwirrenden Gefühle für ihn gewehrt, doch heute hat dies ein Ende. Ich gehöre zu Liam und niemand wird mich von diesem einzigartigen Mann fernhalten können.

Liam hält inne, nimmt mein Gesicht in beide Hände und sieht mich intensiv an, als könnte er nicht glauben, dass es wirklich geschieht. Wie in einem Traum verliere ich mich langsam in diesem Blick und ein winziger Seufzer entweicht mir. Das knisternde Feuer des Kamins tanzt in seinen Augen. Ein Gefühl von Glück und Freude flutet mein Innerstes und ich kann kaum aufhören, ihn zu betrachten. Liam lächelt und küsst meine Unterlippe sanft. »Weißt du eigentlich, wie schön du bist und wie sehr ich dich will?« Seine Augen bannen mich und ich hole mühsam Luft. Ich spüre genau, wie sehr er mich will. Vor Glück sprachlos nicke ich, denn mir geht es genauso. Seine Hände wandern von meinem Gesicht über den Bauch zu meinen Hüften. Mit einem eleganten Schwung liege ich nun unter ihm, sehe zum ersten Mal direkt auf seinen atemberaubenden Oberkörper. Meine Augen können sich kaum sattsehen an seinem wundervollen Körper. Feste, leicht behaarte Brust, gebräunte Haut und gut trainierte Bauchmuskeln, die mir den Atem rauben.

Mit zittrigen Fingern streichle ich über seine gewölbten Brustmuskeln und zeichne mit den Fingerkuppen den Verlauf nach. Hitze steigt mir in die Wangen und auch zwischen meinen Beinen breitet sich dieses prickelnde Gefühl aus. Sein Atem beschleunigt sich, doch er hält still und scheint meine Berührungen zu genießen. Liams Haut ist unglaublich weich, warm. Ich will, dass er weiß, dass ich ihn ebenso sehr begehre, wie er mich, und küsse ihn sanft auf die hart gewordene Brustwarze. Der nächste Kuss trifft die winzige Kuhle unter seiner Kehle. Meine Zunge streichelt die warme Haut, bis er scharf die Luft ausstößt. Ich hebe den Blick und sehe auf meinen Boss, der mich mit Sehnsucht in den Augen betrachtet.

Er flüstert meinen Namen, bevor seine geschickten Finger zu meinem BH-Verschluss gleiten und ihn öffnen. Quälend langsam streift er mir die Träger ab, küsst meine nackten Schultern, eine nach der anderen, und streift mit den Lippen über meine Brust. Jetzt bin ich es, die die Luft anhält und erbebt. Liams Kuss hinterlässt brennende Spuren auf meiner bereits erhitzten Haut und ich schmiege mich dichter an ihn heran. Bitte um etwas, das ich nicht benennen kann.

»Du schmeckst wundervoll, Emma«, raunt er heiser. Meine Zunge huscht über meine trockene Lippe und ich versuche mühsam, meine schweren Augenlider zu heben. Lust durchströmt mich, als er weiter mit der Zunge über meine Brustwarze leckt. Vor Erregung zitternd, kralle ich meine Fingernägel in seinen Rücken. Liam stöhnt leise knurrend auf, ohne von mir abzulassen. Er hebt den Kopf und küsst mich leidenschaftlich. Seine Finger zerwühlen unruhig mein Haar. Er verliert scheinbar langsam die Selbstbeherrschung. Sein starker, muskulöser Körper schmiegt sich an mich und scheint in Wellen elektrische Stromstöße über mich zu senden. Ich lege die Hand auf seinen Oberarm, der sanft zuckt, streichle ihn und spüre, wie durch diese winzige Berührung sein ganzer Körper erbebt.

Liam wandert mit den Lippen zu meinem Bauch, umkreist mit der Zunge den Bauchnabel, entledigt sich seiner Boxershorts. Als er seine Lippen im Nabel versenkt, keuche ich laut auf. Ich spüre, wie er die Lippen zu einem Lächeln verzieht, er scheint es wahrhaftig zu genießen, mich um den Verstand zu bringen. Dieser wundervolle Mann legt die Arme um beide Oberschenkel, streichelt sie mit den Fingerspitzen, während seine Lippen die Innenseite küssen. Quälend langsam streift er mir das Höschen ab, wirft es zu Boden. Leise stöhnend beiße ich mir auf die Lippe und schließe die Augen, damit ich mich ganz dem Gefühl seiner Lippen hingeben kann, die mich an all den richtigen Stellen küssen. Als sein Mund zwischen meine Beine gleitet und meine Mitte findet, glaube ich, vor Verlangen wahnsinnig zu werden. Meine Hände suchen unruhig einen Halt, finden ihn, krallen sich ins Laken, und ich stoße den angehaltenen Atem aus.

»Liam«, wimmere ich. Mein Unterleib steht in Flammen und mein Herz rast vor Erwartung auf unsere erste, intime Begegnung.

»Gleich, mein Liebling. Lass mich das hier genießen«, erwidert er und fährt fort, mich mit seiner neckenden Zunge und den knabbernden Lippen an den Rand der Ekstase zu bringen. Als ich kurz davor bin, zu zerbersten, hält er inne, beugt sich über mich und sieht mir tief in die Augen. Ich spüre seine Hitze zwischen den Beinen, wölbe mich ihm entgegen. Er stemmt die Hände neben meinen Kopf, neigt ihn so, dass sich unsere

Nasenspitzen berühren. Erneut küsst er mich leidenschaftlich. Seine Zunge taucht im selben Moment tief in mich hinein, als er behutsam in mich dringt.

Vor Glück und Verlangen schließe ich einen Augenblick die schweren Lider. Als ich sie wieder öffne, löst er seine Lippen von mir und sieht mich verliebt an. Sein Blick, in dem viele Gefühle aufleuchten, löst sich keine Sekunde von meinem. Wir küssen uns mit offenen Augen, um keine Sekunde dieses Wunders zu verpassen. Meine Hände streicheln seinen Rücken, meine Beine umschlingen ihn besitzergreifend. Tränen schießen mir in die Augen, als er sich sanft bewegt, als wäre ich wertvolles Porzellan oder zerbrechlich wie Glas. Liam ist liebevoll und zärtlich und mir wird klar, dass ich mich noch nie mit jemandem derart verbunden gefühlt habe wie mit ihm. Ich wünsche mir, dass er mich für immer festhält, warm und geborgen. Ich lege ihm die Arme um den Hals, fahre mit den Fingern durch sein dichtes Haar und hauche winzige Küsse auf seinen Mund. Mit jedem Stoß wird das Ziehen in meinem Unterleib stärker, lässt mich vor Verlangen fast explodieren.

Wir umschlingen einander, geben uns Halt und schenken unsere Körper dem anderen. Es gibt kein Er oder Ich mehr, es existiert nur noch das Wir. Liam steigert meine Leidenschaft, bis sie kaum mehr zu ertragen ist. »Ich liebe dich, Emma.«, flüstert er schwer atmend nah an meinem Ohr. Der nächste Stoß ist tief und berührt mein Herz und meine Seele, lässt mich aufsteigen in den Himmel und von dort als Sternschnuppe hinabrieseln. Ich komme mit einem lustgetränkten Schrei, presse mich an ihn und wünschte, ich könnte diesen Moment einfrieren. Liams tiefes, männliches Grollen ist Antwort auf mein Verlangen und ich kann von seinem glücklichen Gesichtsausdruck kaum genug bekommen.

Schwer atmend lässt er sich neben mich sinken. Ich suche nach seiner Hand und küsse die Innenfläche. Er lächelt und schließt glückselig die Augen. Als unsere Orgasmen verebben und unsere Atmung sich wieder normalisiert, liegen wir eng umschlungen und schweißnass auf den Decken. Ich schmiege mich an seine Brust, höre Liams Herz schlagen und fühle mich glücklich wie nie zuvor. Wenn dies die Liebe ist, dann will ich sie jeden Tag erleben – genau so.

»Alles in Ordnung?«

Überrascht hebe ich den Kopf, sehe ihn mit hochgezogenen Brauen an. »Ob alles in Ordnung ist?«, frage ich sarkastisch und entlocke ihm ein Lachen. Er nickt. »Liam, ich habe mich noch nie vollkommener gefühlt. Deshalb ja, mir geht es wunderbar«, flüstere ich und lege mein Kinn auf seine Brust.

Lächelnd streicht er mir eine Strähne hinters Ohr, gleitet mit den Fingern zu meinen Lippen. »Weißt du, wie unsagbar glücklich du mich machst?« Ich schüttle den Kopf, will mehr dieser Worte hören. »Das tust du. Ich will dich, für immer.«

Ich beiße auf meine Lippe und erwidere, dass er mich glücklich macht, wie noch nie jemand zuvor.

»Warst du mit Sean nicht glücklich?«, fragt er schließlich, während er zärtlich meine Wange streichelt.

»Natürlich war ich mit Sean eine Zeit lang glücklich. Ich habe ihn aus vollem Herzen geliebt, aber wir haben uns auseinanderentwickelt. Ich bin nicht die Richtige für ihn, hoffe aber, dass auch er sein Glück findet.« Liam nickt verständnisvoll und küsst mein Haar.

»Hast du Hunger?« Er macht Anstalten, sich zu erheben, doch ich lasse ihn nicht.

»Nein, bin nur etwas müde«, antworte ich, fahre mit den Fingerkuppen über seine Brust.

»Verständlich. Letzte Nacht wärst du fast im Eiswasser ertrunken und jetzt überfalle ich dich und zehre an deinen Kräften.« Liam lächelt amüsiert und küsst mich kurz.

»Also auf diese Art kannst du mich gerne öfter überfallen« Ich kichere und beuge mich über ihn.

Liam küsst meine Stirn, sucht dann meinen Blick. »Wir haben noch unser ganzes Leben lang Zeit, uns zu lieben. Denn ich gebe dich nie wieder her.«

Verliebt lächelnd kuschle ich mich an seine Brust. Liam breitet die Decke über uns aus und küsst mein Haar. Während ich seinem stetigen Herzschlag lausche, falle ich glücklich in einen tiefen Schlaf.

KAPITEL 22

Emma

»Oh mein Gott, du hattest Sex!«, ruft Aiden, als wir uns vor dem Restaurant treffen. *Woher zum Teufel weiß er das?*

»Sei doch still!«, ermahne ich ihn, als einige Passanten schon auf uns aufmerksam werden. Ich drücke ihn kurz und gehe vor, betrete das Diner. Ich lege meinen Trenchcoat ab und setze mich. Ich warte gar nicht, bis Aiden sich setzt, sondern winke der Kellnerin, die mit Rollschuhen durch die Gegend flitzt.

Wir sitzen im Forever 50s Diner, der seinem Namen alle Ehre macht. Die Wände sind pink, die Tische, Stühle und Theke silberfarben und erinnern an vergangene Glanzzeiten von damals. Im Hintergrund höre ich Bluesmusik aus diesem Jahrzehnt. Auch die Uniformen der Bedienungen sind pink und die Rollschuhe runden das Flair der fünfziger Jahre ab.

»Glaub ja nicht, dass du mir so leicht davonkommst«, schnaubt Aiden und setzt sich mir gegenüber. Ach du meine Güte, der ist aber hartnäckig. »Also, Emma, raus mit der Sprache. Was ist dieses Wochenende vorgefallen? Ich sehe doch genau, dass du Sex hattest.«

»Woran erkennst du das überhaupt?«

»Weil du ein Leuchten in deinen Augen hast, das meistens nach einer heißen Nacht auftaucht.«

»Du scheinst mich ja gut zu kennen.«

Er lacht laut und winkt erneut nach der Kellnerin, die mein Rufen vorhin nicht gehört zu haben scheint. »Das steht in der

Berufsbeschreibung als bester Freund und nun raus mit der Sprache.«

Ich seufze laut auf, gebe mich aber schließlich geschlagen. »Ich habe mit Liam geschlafen.«

Aidens Kinnlade fällt herunter, er sieht mich entrüstet an und scheint sprachlos zu sein. Was für ihn vollkommen untypisch ist. »Aber du wolltest dich doch von ihm fernhalten, weil du dasselbe Drama befürchtet hast wie bei Sean.«

Nach einem tiefen Atemzug erzähle ich ihm alles. Die Begegnung mit Brad, meine Eifersucht, vom Einsturz in den See, Liams Rettung und dem sinnlichsten Sex meines gesamten Lebens.

»Und du hast echt nicht gesagt, dass du ihn auch liebst?«, fragt er schließlich, nach einem großen Schluck Bier.

»Ähm … nicht mit Worten. Eher mit … meinem ganzen Körper«, sage ich verteidigend, da seine Stimme vorwurfsvoll klingt. Ich beginne unruhig auf meiner Lippe zu kauen und auf dem Stuhl hin und her zu rutschen, sehne mich nach Liam.

»Süße, das ist ein Mann. Die erkennen solche Signale oder körperliche Andeutungen nicht. Du musst es ihm schon sagen, wenn du auf diese Weise empfindest. Du liebst ihn doch, oder?«

Ich überlege kurz. Meine Beziehung zu Sean beruhte auch auf Liebe und Verlangen. Mein Herz war zwar hin- und hergerissen, doch meine Gefühle zu Sean waren echt und er auch ein wundervoller Partner, wir passten nur einfach nicht zusammen. Sean hat etwas Besseres als mich verdient. Bei Liam hingegen weiß ich endlich, was ich mir lange nicht eingestehen wollte. »Ich liebe ihn mehr, als ich je jemanden geliebt habe.«

»Worauf wartest du dann noch? Geh zu ihm und sag es ihm. Wir können auch ein anderes Mal essen.«

»Wir sind gerade mal ein paar Stunden getrennt.«

»Ja, aber morgen ist Montag und dann kannst du im Büro

nicht über ihn herfallen. Und ich merke doch, wie nervös du auf dem Stuhl hin und her rutschst. Du willst es – und zwar jetzt.«

»Aiden!«

Er hebt abwehrend, jedoch lachend die Hände. »Stimmt doch und du liebst ihn. Ich würde mal sagen, dass all deine Träume der letzten Jahre sich erfüllt haben. Also schwing deinen sexy Arsch zu deinem Boss und sag ihm, was du fühlst.«

Aye, aye, Käpten!, schreit mein Unterbewusstsein.

Als ich vor Liams Apartment ankomme, steht die Eingangstür weit offen. Davor parkt ein Umzugslaster. Ich schlängle mich durch die Leute, die den Laster ausladen, und steige in den Fahrstuhl. Mein ganzer Körper zittert vor Aufregung. Endlich werde ich Liam meine Gefühle gestehen, kein Hin und Her mehr, ich möchte Klarheit schaffen. Langsam gleiten die Fahrstuhltüren zur Seite auf und ich trete nervös auf den dunkelgrauen Teppichboden. Vor der Tür fahre ich mir schnell durch das wellige Haar, streiche meine Kleidung glatt und hoffe, dass ich einigermaßen gut aussehe.

Mit zittrigen Fingern und tausenden Schmetterlingen im Bauch drücke ich auf die Türklingel. Jede Sekunde, die verstreicht, fühlt sich wie eine Ewigkeit an, bis endlich die Tür geöffnet wird. Jedoch steht statt Liam eine dunkelhaarige, äußerst attraktive Frau vor mir. Ihr rundliches Gesicht und die helle Haut gleichen einem Engel, doch ihr Blick ist kühl. Ihre braunen Augen sehen herablassend auf mich hinunter. Trotz der Überheblichkeit ist sie wunderschön.

All das ist jedoch nicht das, was mich beunruhigt, sondern der Umstand, dass sie nur im Bademantel vor mir steht. *Wer ist das?*

»Kann ich Ihnen helfen?«, fragt sie und wirft ihr Haar über die Schultern.

»Hey, ich bin Emma. Kann ich Liam sprechen?« Der Kloß in meinem Hals lässt mich kaum sprechen.

»Oh, tut mir leid. Liam ist gerade unter der Dusche. Wir haben uns ein wenig ausgetobt, wenn Sie verstehen, was ich meine.« Diese Frau provoziert mich bis aufs Blut, doch ich glaube ihr nicht. Liam würde mich niemals verraten. Er liebt mich.

»Das glaube ich nicht.«

»Ach wirklich? Und wieso sollte ich in der Wohnung meines Exmannes mit nur einem Bademantel bekleidet herumlaufen, wenn nicht das Naheliegende der Grund dafür ist?« Ach, das ist dann wohl Diane, seine Exfrau. Ich kann sie jetzt schon nicht ausstehen. Doch sie hat eine berechtigte Frage gestellt, auf die ich keine Antwort weiß.

Tränen sammeln sich in meinen Augen, als ich in Erwägung ziehe, dass Liam mich wirklich die ganze Zeit nur an der Nase herumgeführt haben könnte.

»Ich möchte mit ihm reden«, beharre ich und will mich nicht von der Stelle bewegen. Es muss eine Lüge sein. Sicher gibt es eine ganz logische Erklärung für ihre Aufmachung.

»Süße, kommst du mal her?«, höre ich dann die Stimme von Liam aus der Wohnung. Mir bleibt das Herz stehen und ich drohe, den Boden unter den Füßen zu verlieren. *Süße?*

»Ja, ich komme gleich!«, antwortet sie ihm und setzt ein triumphierendes Lächeln auf, das mein Herz zerreißt. »Wie Sie sehen, Emma, ruft Liam nach seiner Süßen und die bin ich«, flüstert sie bedrohlich. »Also können Sie sich ihn abschminken. Sie glauben doch nicht ernsthaft, dass ein Mann wie Liam tatsächlich an einer gewöhnlichen Frau wie Ihnen interessiert ist.«

Mir bleiben die Worte im Hals stecken. Zu tief sitzt die Enttäuschung. Zu laut klingt das Klirren von Glas in meinem Ohr, denn mein Herz bricht in tausend Glasscherben. Ohne noch einmal das Wort an mich zu richten, knallt sie mir die Tür vor der Nase zu.

Ich zucke zusammen, kann nicht glauben, was gerade ge-

137

schieht. Ich wurde von dem einen Mann hinters Licht geführt, von dem ich es nie erwartet hätte. An das vergangene Wochenende auch nur zu denken, lässt mich in Tränen ausbrechen. Sie laufen wie Sturzbäche über mein Gesicht und ich besitze nicht einmal die Kraft, sie wegzuwischen.

Noch lange stehe ich vor Liams Tür, starre auf das Türschild und weine stumm. Im Inneren jedoch schreie ich, laut, verzweifelt und todtraurig. Es ist vorbei, alles ist zu Ende. Und als es mir endlich gelingt, langsam aus dieser Trance zu entfliehen, weiß ich genau, was ich zu tun habe.

KAPITEL 23

Liam

»Süße, kommst du mal her?«, rufe ich aus dem Badezimmer. Zu meiner Verblüffung antwortet mir Diane, obwohl ich natürlich Ava gemeint habe. Nachdem meine Tochter nach dem zweiten Rufen immer noch nicht kommt, sehe ich nach, wo sie bleibt. Als ich ins Wohnzimmer komme, begegnet mir meine Exfrau mit einem breiten Grinsen. »Wieso antwortest du mir, wenn ich nach Ava rufe?«, frage ich und rubbele dabei mit einem Handtuch meine noch feuchten Haare.

»Ach, ich dachte, mit Süße sei ich gemeint«, antwortet sie mit einem lasziven Lächeln und schnalzt mit der Zunge. Diese Frau hat vielleicht Nerven!

»Diane, ich habe dir schon oft gesagt, du sollst das lassen. Du und ich sind Geschichte. Ich habe jetzt eine neue Freundin«, sage ich gereizt. Nach fast drei Jahren kann sie es endlich gut sein lassen.

»Na ja, sehen wir mal, was die Zukunft bringt«, erwidert sie schnurrend und verschwindet mit meinem Bademantel ins Gästezimmer. Mir entfährt ein Grollen. *Warum verdammt noch mal muss sie mich immer zur Weißglut treiben?* Wäre sie nicht die Mutter meiner Tochter, würde ich garantiert kein Wort mehr mit ihr reden.

Aufgrund eines Rohrbruchs in ihrer Wohnung, mussten sie vorübergehend bei mir unterkommen. Ich freue mich riesig, dass ich Ava jetzt jeden Tag sehen kann, doch Diane zu ertragen wird mir alles abverlangen. Nur der Gedanke an Emma lässt mich meinen Argwohn vergessen. Dieses Wochenende war perfekt, mit kleinen Missverständnissen und großen Unfällen, aber mit noch viel mehr Liebe. Sie hat es nicht direkt ausgesprochen, was mich zwar etwas traurig macht, doch ihr Körper sagte viel. Als wir miteinander geschlafen haben, war es, als wären wir zu einem Ganzen verschmolzen. Noch nie im Leben habe ich solch eine Wärme und Sinnlichkeit gespürt. Endlich hat das Hin und Her ein Ende. Nun wird uns nichts mehr trennen. Bevor ich jedoch mit Emma zusammen sein kann, muss ich mit meinem Bruder sprechen und reinen Tisch machen.

»Liam, Alter! Was machst du denn hier?« Sean begrüßt mich lachend, als ich unangemeldet bei ihm zu Hause auftauche. Ich dachte mir, je früher, desto besser.

»Hey Brüderchen. Ich wollte kurz auf ein Bier vorbeikommen und mit dir reden«, sage ich mit einem Kloß im Hals.

»Na klar. Komm rein.« Als ich eintrete, rieche ich schon das leckere Essen. »Ich habe gerade Abendessen gemacht. Hast du Hunger?«

»Ja, großen.«

Nach dem Essen sitzen wir gemütlich auf der Couch und diskutieren darüber, wer wohl den American Marketing Award gewinnen wird. Es tut gut, wieder mehr Zeit mit meinem Bruder zu verbringen. Schließlich gebe ich mir einen Ruck und schneide das Thema an, weswegen ich gekommen bin. »Also du und Emma? Wie geht's dir nach der Trennung?«

Er sieht mich überrascht an, vermutlich hat er nicht geahnt, dass wir auf sie zu sprechen kommen.

»Nun, es geht eigentlich. Anfangs habe ich sie sehr vermisst. Mit der Zeit habe ich allerdings gemerkt, wie versessen ich darauf war, sie bei mir zu halten, dass ich sie immer weiter von mir weggetrieben habe.« Er öffnet sich noch ein Bier, nippt einmal daran. »Gibt es einen bestimmten Grund, weshalb du mich das fragst?«, fragt er schließlich mit einem gewissen Unterton, der mir nicht gefällt.

»Nun, Emma und ich haben den Dreh erfolgreich über die Bühne gebracht. Allerdings … ist etwas passiert.«

»Ihr hattet Sex.« Das ist mehr eine Feststellung als eine Frage.

Ich schlucke, stelle mich auf das Schlimmste ein. Mein Herz rast und Angst keimt in mir auf. Ich will meinen Bruder nicht erneut verlieren, Emma aber auch nicht. »Woher weißt du das?«

»Ach komm, Liam. Seitdem du hergekommen bist, grinst du wie ein Honigkuchenpferd und siehst dauernd auf dein Handy, als ob du erwartest, dass es läutet.«

»Bin ich so leicht zu durchschauen?«

»Na ja, du hattest seit Jahren keinen Sex und wirkst zum ersten Mal, als hättest du keinen Stock im Arsch.« Er lacht und boxt mir gegen die Schulter. »Außerdem bin ich dein Bruder.«

»Und du bist nicht sauer, dass wir miteinander geschlafen haben?«

»Natürlich wäre mir lieber, wenn ihr es nicht getan hättet, aber ihr beide seid Singles und könnt tun und lassen, was ihr wollt. Leider muss ich auch gestehen, dass sie besser zu dir passt als zu mir. Das hast du immer gesagt, aber ich wollte es nicht sehen.« Seine Offenheit und wie locker er das nimmt, überraschen mich.

»Du bist doch nicht schon betrunken und redest wirres Zeug, oder?«

Sean lacht. »Nein, ich meine es ernst. Ich werde deinem Glück nicht im Wege stehen, und wenn es Emma ist, die dich vollständig macht, dann ist es okay. Sie ist eine atemberaubende Frau – das weiß ich, vielleicht sogar noch ein Stück besser als du.«

Ich weiß nicht, wieso, doch mit einem Mal ist der Drang, Sean zu umarmen, übergroß. Damals haben wir uns oft gestritten und unsere Mom musste Schiedsrichter spielen, aber wenn sie uns jetzt sehen könnte, wäre sie stolz auf uns, weil wir nach all den Jahren noch immer wie Pech und Schwefel zusammenhalten.

»Warum bist du eigentlich nicht bei Emma, sondern zu mir gekommen?«

»Weil ich zuerst mit dir darüber reden wollte. Emma und ich – das ist keine Affäre oder Ähnliches. Sie ist die Richtige und ich werde sie nie wieder hergeben.«

Nach ein paar Stunden Schlaf wache ich gut gelaunt auf. Die Vorfreude, Emma gleich im Büro wiederzusehen, beflügelt mich. Pünktlich um acht betrete ich mein Büro und starte den PC. Ich fühle mich unruhig und will Emma unbedingt einen Kuss stehlen, bevor ich mich an die Arbeit mache. Breit grinsend laufe ich zu ihrer Büronische und stelle überrascht fest, dass diese geräumt ist. Keine Notizzettel, keine Ordner, nichts. Als wäre dies nie ihr Arbeitsplatz gewesen. *Was ist hier los?*

»Liam, kommst du bitte kurz mit?« Ich drehe mich um und sehe meinen Vater, der mich in sein Büro winkt. Hinter geschlossenen Türen wendet er sich mit besorgtem Blick mir zu. »Was ist in Aspen passiert?«, fragt er und ich ahne Schlimmes.

»Der Dreh verlief gut, ich habe dir die Mail geschickt. Das Kostenlimit wurde nicht überschritten und …«

Er wirft die Hände in die Luft, bringt mich zum Verstummen. »Das meinte ich nicht! Was ist zwischen dir und Emma vorgefallen?«

»Wieso … fragst du?«

»Weil Emma gestern Nacht bei mir war und fristlos gekündigt hat, Liam.«

142

KAPITEL 24

Emma

Drei Monate sind vergangen, seit ich Coleman & Sons den Rücken gekehrt habe. Zwölf Wochen, in denen ich nächtelang nicht schlafen konnte. Neunzig Tage, an denen ich tat, als wäre mein Herz nicht gebrochen worden. Mein neuer Job ist schrecklich langweilig. Ich bin Kassiererin in einer Buchhandlung, nicht mit der Marketingagentur zu vergleichen und doch gutes Geld. Nach außen spiele ich die toughe, starke Emma, die jeden Berg bezwingen kann und die *Scheiß doch auf Männer Fahne* auf der Bergspitze hisst. Im Inneren weine ich jedoch den ganzen Tag über, zerbreche an meinem Kummer und wünschte, ich könnte nur einen Tag Liam vergessen.

Liam hat mir geschrieben, mich angerufen, Nachrichten hinterlassen, doch ich habe sie alle gelöscht, ohne ihn anzuhören, und habe mir eine neue Telefonnummer zugelegt. Nie wieder würde ich auf ihn hereinfallen, nie mehr soll er die Möglichkeit bekommen, mich derart zu demütigen.

Meine Augen werden feucht und ich drohe, in Tränen auszubrechen. Panisch verlasse ich die Kasse, teile einer Kollegin mit, dass ich auf die Toilette muss, und renne zum WC. Mit zittrigen Fingern wasche ich mir mit eiskaltem Wasser das Gesicht und sehe diese fremde Person im Spiegel an. *Wie konnte ich zulassen, dass mich ein Mann derart kaputt macht?* Ich liebe ihn, aber nur, weil er mir viel bedeutet, hat er noch lange nicht das Recht, mich zu verletzen. Meine Haare sind spröde,

143

die Haut fahl. Ich habe sogar einige Kilos abgenommen, da ich kaum noch Appetit verspüre. So kann es nicht weitergehen, das weiß ich. Etwas muss sich ändern. Ich muss mich ändern und Liam ein für alle Mal aus meinem Herzen verbannen. Es wird nicht heute geschehen und auch nicht morgen. Aber eines Tages werde ich ihn vergessen können – meinen Boss, den ich über alles geliebt habe.

Mit straffen Schultern beschließe ich, dass dies das letzte Mal war, dass ich wegen Liam Coleman geweint habe. Ich werfe meinem Spiegelbild einen vielsagenden Blick zu und gehe wieder zurück an die Arbeit.

Nach einem langen Tag treffe ich überrascht einen aufgeregten Aiden in meiner Wohnung, der gerade die Post durchsieht. »Ähm, du weißt schon, dass der Schlüssel nur für Notfälle ist, oder?«, meine ich tadelnd, während ich die Tasche und Jeansjacke auf der Kommode neben der Tür ablege.

Aiden schenkt mir ein breites Grinsen. »Ich hatte keine Nachos mehr«, erwidert er, sich halbherzig verteidigend und reißt einen der Briefumschläge auf.

Kopfschüttelnd schenke ich mir in der Küche ein Glas Orangensaft ein. »Möchtest du auch einen O-Saft?«, frage ich und werfe ihm einen Blick über die Schulter zu, bevor ich einen großen Schluck trinke.

»Nein, ich glaube, es wird eher Zeit, den Champagner rauszuholen!« Er jubelt laut und erschreckt mich mit seinem Geschrei fast zu Tode. Ich stelle das Glas auf die Arbeitsfläche und setze mich auf die Couch.

»Wie meinst du das?« Aiden wedelt mit dem Brief und winkt mich zu sich.

»Wann hast du das letzte Mal deine Post durchgesehen, Emma?«

Ich bemerke den Tadel in seiner Stimme, ignoriere ihn aber gekonnt. »Ist schon ne Weile her. Wieso?«

»Lies einfach den Brief, Süße.«

Als ich ihn durchlese, drohe ich, in Ohnmacht zu fallen. Also lese ich ihn noch mal und noch mal und immer wieder, bis sich die Wörter in mein Hirn eingeprägt haben. »Ich habe einen … Award gewonnen?«, flüstere ich vor mich hin, kann es noch immer nicht glauben. Unser Werbespot war in den vergangenen Wochen in aller Munde und wurde sogar weltweit ausgestrahlt. Er war ein riesiger Erfolg, aber das erfahre ich nur von Aiden. Ich könnte diesen Spot nicht erneut sehen und schalte immer sofort weg, wenn er kommt. Das liegt nicht nur daran, dass mein Exfreund das Model spielt, sondern auch daran, dass ich die wiederkehrenden Erinnerungen und Gefühle für Liam nicht ertragen kann. Außerdem waren Sean und Liam auf sämtlichen Titelblättern, da Charles in Rente gegangen ist und die Brüder nun das Unternehmen selbstständig leiten. Ich habe dem Fernseher und den Zeitungsständen den Rücken gekehrt, wenn ich auch nur einen von ihnen auf einem Cover gesehen habe.

Mit zittrigen Fingern halte ich das Blatt Papier in der Hand, starre es an, ohne darin zu lesen. Ich habe den American Marketing Award gewonnen, besser gesagt, Liam und ich, da wir beide als Produzenten auftreten.

»Und? Wirst du hingehen?«

Eifrig schüttle ich den Kopf. Niemals könnte ich Liam gegenüberstehen, ohne ihm eine reinzuhauen oder noch schlimmer, vor ihm in Tränen auszubrechen. Aiden umrundet die Couch und setzt sich neben mich. Ich spüre seine Blicke auf mir, kann sie aber nicht erwidern. Dazu fühle ich mich nicht stark genug.

Sachte nimmt er mir den Brief ab und drückt meine Hand. »Emma, sieh mich an.« Widerwillig tue ich, was er sagt, und treffe auf warme, graue Augen, die mich mitfühlend ansehen.

145

»Ich halte das nicht mehr aus. Seit Wochen bist du nur mehr ein Schatten deiner selbst. Du lachst nie, gehst kaum aus dem Haus, verkriechst dich hier in der Wohnung.« Kurz streicht er mit dem Daumen über meinen Handrücken. »Das hier!«, er hebt den Brief in die Höhe, als sei dieser eine Trophäe, »das ist eine tolle Leistung, Emma. Der Spot war deine Idee! Millionen von Frauen können sich nur mit Rehbock identifizieren, weil du dem Spot Natürlichkeit geschenkt hast. Du solltest hingehen.«

Aufgebracht stehe ich auf, fahre mir durch mein Haar. »Verstehst du denn nicht, dass es mich umbringen wird, wenn ich wirklich da hingehe? Ich kann ihm nicht in die Augen sehen, geschweige denn, einen Award neben ihm entgegennehmen!«

Aiden tut es mir gleich, steht auf und kommt auf mich zu. »Süße, du bist Emma Reed. Eine starke, toughe, bezaubernde Frau – und kein Coleman dieser Welt sollte dich je daran zweifeln lassen. Ich kann dich nicht zwingen, obwohl ich zugeben muss, dass ich ernsthaft mit dem Gedanken spiele, dich zu kneбеln und mit Gewalt zur Gala zu fahren, aber du bist erwachsen. Und wenn du nicht hingehst, machst du einen Fehler, den du ewig bereuen wirst.« Schließlich schnappt er sich seine Jacke und verlässt ohne ein weiteres Wort meine Wohnung. *Mist verdammter!*

Eilig gehe ich noch mal das Datum durch. Eigentlich liegt der Brief hier schon eine ganze Weile herum, da ich die Post lange nicht geöffnet habe. Die Preisverleihung ist bereits kommendes Wochenende. Es wäre wirklich ein Highlight, auf der Bühne zu stehen und diesen begehrten Preis entgegenzunehmen. Schließlich war der Dreh ein gewaltiges Stück Arbeit. Aber auch nur in Liams Nähe zu sein … Ich weiß nicht, ob das gut gehen kann. Er würde wahrscheinlich mit Diane aufkreuzen und ich allein. Wie immer. Das ertrage ich nicht.

Nein! Ich werde da auf keinen Fall hingehen. Ich werde stattdessen eine XXL-Box Eiscreme verdrücken, mir dramatische Schnulzen im Fernsehen ansehen und weinen, bis ich ausgetrocknet bin wie die Sahara.

Plötzlich klopft es an der Wohnungstür. Aiden will sich bestimmt entschuldigen, weil er mich vorhin angeschnauzt hat. Mit einem strahlenden Lächeln gehe ich auf die Tür zu und öffne sie. Doch mit einem Mal verschwindet es aus meinem Gesicht und das Herz rutscht mir augenblicklich vor Entsetzen in die Hose. Der Grund dafür ist ein attraktiver Mann, der mir bei Weitem nicht unbekannt ist und der einfach hier auftaucht, als wäre es das Normalste auf der Welt – jemand mit dem Nachnamen Coleman!

KAPITEL 25

Sean

»Ich mache mir echt Sorgen um ihn«, flüstert mir Vater zu, als wir ein paar Entwürfe in meinem Büro durchgehen und den Blick zu Liam schweifen lassen, der nachdenklich aus dem Fenster blickt. Seit Aspen und der Kündigung von Emma ist er wie ein Geist, körperlich zwar da, doch mit den Gedanken ganz weit weg. Wenn ich ihn drauf anspreche, blockt er stets ab. Wenn ich ihn überreden möchte, einen trinken zu gehen, erklärt er mir halbherzig, dass er noch Arbeit zu erledigen hätte. Aber das stimmt nicht. Ich weiß, dass er zu Hause ist und über die Frau nachdenkt, die wir beide über alles geliebt haben.

Die Beziehung mit Emma mag anfangs harmoniert haben, doch meine Eifersucht und die Angst, sie zu verlieren, hat zerstört, was wir hatten. Ich trauere nicht mehr, denn ich habe längst verstanden, dass meinen Bruder und Emma mehr verbindet, als mich und sie. Sie liebten sich vom ersten Augenblick an, nur waren wir alle zu blind, es zu bemerken.

Weshalb Emma letztendlich gekündigt hat, weiß keiner von uns. Nicht mal Nia. Liam glaubt natürlich, dass es an ihm liege und sie es bereut, mit ihm geschlafen zu haben. Es kratzt an seinem Selbstwertgefühl, doch ich bezweifle, dass es daran gelegen haben soll. Mein Vater verabschiedet sich und lässt uns beide allein.

Als ich nach Liam rufe, bekomme ich keine Antwort. Beim zweiten Mal genauso. Also mache ich, was jeder gute Bruder in dieser Situation tun würde: ich haue ihm eine rein. Oder noch besser! Voller Tatendrang gehe ich auf ihn zu und schlage ihm kräftig auf die Schulter.

»Hey, verdammt! Was soll das?«

»Du und ich, wir werden jetzt Feierabend machen. Komm mit. Jetzt!« Mein Blick ist durchdringend, meine Stimme duldet keinen Widerspruch. Liam seufzt und folgt mir schließlich mit einem widerspenstigen Grummeln.

»Ein Stripklub? Das ist jawohl nicht dein Ernst!« Liam hebt die Brauen und sieht sich skeptisch um.

»Doch und jetzt setz dich hin.« Ich deute mit dem Kopf an die Bar, nehme neben ihm Platz. Mit einem Handzeichen mache ich die Bardame auf mich aufmerksam und bestelle uns zwei White Russian. Daraufhin sehe ich meinen Bruder eindringlich an. »Liam, Alter. Das geht zu weit mit der depressiven Stimmung! Du gehst noch kaputt an deiner Trauer. Schon seit Wochen bist du kaum wiederzuerkennen! Das muss endlich aufhören«, rede ich auf ihn ein und versuche, ihn zu überzeugen, dass er nach vorne blicken muss. Die hübsche Rothaarige, serviert uns unsere Getränke.

»Denkst du, ich weiß das nicht?«, antwortet er mir kühl und trinkt einen großen Schluck seines Drinks. »Glaubst du, ich sehe es nicht selbst, dass ich total neben mir stehe? Ich versuche es, wirklich! Aber jedes Mal, wenn ich die Augen schließe, sehe ich nur sie.« Er schwenkt das Glas in der Hand, blickt hinein und lächelt traurig. »Ich sehe, wie sie mich anlächelt, wie sie mit mir scherzt. Ich kann sie wieder stundenlang beim Schlafen beobachten.«

Dieses Geständnis erstaunt mich, hat er die vergangenen zwei Monate doch nie ein Wort über Emma verloren. »Ich kann ja verstehen, dass du sie vermisst, aber wieso fährst du nicht einfach in ihre Wohnung und stellst sie zur Rede?« Das habe ich mich schon öfter gefragt.

»Weil ich es nicht ertragen könnte, sie zu sehen und sie dann nicht in die Arme schließen zu können. Das würde mich umbringen, Sean. Auch nach dieser Zeit liebe ich sie.«

Entschlossen parke ich das Auto vor Emmas Apartment. Draußen schneit es und dicke Flocken fallen herab. Langsam beginnt der Winter in New York. Es ist schon dunkel, als ich aus meinem Sportwagen steige. Nachdem ich an ihrer Tür geklopft habe, muss ich nicht lange warten. Emma öffnet sie schwungvoll mit einem Lächeln auf den Lippen, erstarrt jedoch, als sie mich sieht. Natürlich hat sie nicht damit gerechnet, dass ich vor ihrer Wohnungstür stehe.

Sie nach so langer Zeit wiederzusehen, hat mich vorher etwas nervös gemacht, da ich nicht sicher war, was ich für sie nach unserer Trennung noch empfinde. Die Sorgen scheinen allerdings überflüssig, denn Emma zu sehen, erfüllt mich mit Freude. Ich habe sie vermisst, ihre tollpatschige Ader, ihr herzliches Lachen und ihre Freundschaft.

»Sean!«, haucht sie überrascht und rührt sich keinen Millimeter. Sie sprachlos zu sehen, amüsiert mich.

»Na, willst du mich denn nicht hereinbitten?«, frage ich gespielt beleidigt. Das holt sie aus ihrer Trance und sie macht stumm Platz, damit ich eintreten kann. Ihre Wohnung hat sich nicht verändert. Hell und gemütlich eingerichtet, natürliches Flair. Ohne auf eine Aufforderung ihrerseits zu warten, nehme ich auf der Couch Platz. Emma schließt leise die Tür und nähert sich mir langsam. »Na komm schon, ich beiße nicht. Setz dich zu mir.«

Ausnahmsweise tut sie mal, was man von ihr verlangt. Ihr Blick ist gesenkt, sie fühlt sich unwohl, das kann ich sehen. »Wie geht's dir?« Sie hebt den Blick und sieht mich mit ausdruckslosen Augen an. »Es geht mir gut. Danke.« Doch ich glaube ihr kein Wort.

»Und wieso glaube ich dir nicht?«

»Sean …«

»Nein, Emma. Ich möchte zuerst sprechen, wenn ich darf.« Emma nickt. »Nun, nachdem wir uns getrennt haben, ist mir vieles klar geworden. Ich habe mich falsch verhalten, dich regelrecht eingeengt und dafür will ich mich entschuldigen. Nach Aspen hat mir Liam alles über euch erzählt und ich habe mich ernsthaft gefreut für euch beide. Verstehe aber nicht, weshalb du einfach gekündigt hast.«

»Ich möchte nicht darüber reden. Ich danke dir Sean, für deine Entschuldigung und nehme sie gerne an.«

Herrgott ist diese Frau stur! Mein Blick fällt auf den Couchtisch und dort entdecke ich die Einladung zur Preisverleihung. Ich weiß, dass Liam keine Lust hat, auf die Gala zu gehen, aber vielleicht kann ich ja beide überreden und sie dazu bringen, endlich miteinander zu reden.

»Und gehst du auf die Preisverleihung?«, frage ich vorsichtig, doch Emma schüttelt nur hastig den Kopf. »Wieso nicht?«

»Wieso nicht? Ist das dein Ernst, Sean?«, sagt sie empört, und ich bin froh, dass sie endlich ihre Stimme wiedererlangt hat. »Weil ich nicht neben Liam und Diane stehen und zusehen kann, wie glücklich die beiden miteinander sind. Er hat mich ausgenutzt, wollte mir weismachen, dass er mich liebt. Doch das war alles gelogen!«

Ihre Stimme bricht und sie senkt traurig den Blick. Ich habe keine Ahnung, wovon zur Hölle sie da überhaupt spricht. »Ähm, entschuldige bitte. Was?«

»Na, Diane und Liam sind ja wieder zusammen.«

Fassungslos sehe ich auf die junge Frau neben mir. Sie scheint überzeugt zu sein, dass Liam seiner Ex noch eine Chance gegeben hat, aber wie kommt sie auf diese irrwitzige Idee? »Das stimmt doch gar nicht. Wie kommst du auf den Mist?«

Jetzt ist Emma diejenige, die mich überrascht anblickt. »Nach dem Wochenende in Aspen ist mir einiges klar geworden. Ich habe Liam besucht und Diane hat mir im Bademantel die Tür geöffnet. Liam hat nach ihr gerufen, aus dem Badezimmer, und hat sie Süße genannt. Also noch deutlicher geht es ja wohl nicht!«

Dann zähle ich eins und eins zusammen. Diane, das Biest, hat sicher wieder eine ihrer Intrigen gesponnen und Liam und Emma auseinandergebracht. »Ich versichere dir, Emma, Liam und seine Exfrau sind nicht zusammen. Als Liam aus Aspen nach Hause gekommen ist, hat es einen Rohrbruch in Dianes Wohnung gegeben. Sie sind bei ihm untergekommen, bis die Reparaturen abgeschlossen waren, aber mehr war da nicht.«

»Aber er hat sie doch Süße genannt«, entgegnet Emma und rutscht neben mir hin und her.

»Es gibt nur eine einzige Person, die Liam so nennt, und das ist Ava.«

Ich beobachte, wie Emma mit sich ringt und nachdenkt. Sie wägt ab, ob sie mir Glauben schenken soll oder nicht. Schließlich sieht sie mich unsicher an. »Also hat Liam mich nie ausgenutzt?«

Ich schüttle den Kopf. »Nein. Das würde er nie tun. Glaub mir, Emma, er leidet genau wie du unter der Trennung. Begleite mich auf die Gala und rede mit ihm. Das ist alles, worum ich dich bitte.«

Emma steht auf und geht eine Weile aufgewühlt hin und her. Sie treibt mich mit dieser Warterei in den Wahnsinn, das konnte sie schon immer gut. Schließlich wendet sie sich mir zu, und was ich sehe, lässt mein Herz aufgehen. Sie lächelt. »Okay, Sean. Ich werde dich begleiten.«

KAPITEL 26

Liam

Mit einem mulmigen Gefühl im Bauch betrete ich das Hotel, in dem die Preisverleihung stattfindet. Schon am Eingang entdecke ich einen roten Teppich und viele bekannte Gesichter aus der Marketingbranche. Alle sind schick gekleidet, tragen ihre feinste Garderobe und den besten Schmuck. Dieser Award ist die wichtigste Auszeichnung in der amerikanischen Werbewelt und unser Spot wurde nicht nur nominiert, sondern hat auch noch mit deutlichem Vorsprung gewonnen. Eigentlich sollte ich mich darüber freuen und glücklich über solch eine Ehre sein, aber es fällt mir schwer, wenn ich daran denke, dass vielleicht auch Emma erscheint.

Die Enttäuschung über ihre abrupte Kündigung und dass sie weder auf Anrufe noch Mails reagiert hat, trifft mich hart. Ich habe sie seitdem nicht gesehen. Wieder spiele ich mit dem Gedanken, einfach zu gehen und mich in der Wohnung zu verschanzen, aber ich habe nun als Geschäftsführer von Coleman & Sons eine große Verantwortung zu tragen. Meine Gefühle sind hier fehl am Platz. Außerdem warten Vater mit seiner Freundin Betty und meine Ava an unserem Tisch. Sean kommt laut eigenen Angaben in Begleitung und ich bin gespannt, wer sie ist. Seit der Trennung von Emma hat er keine Frau mehr gehabt, auch Bettgespielinnen erwähnte er nie. Anscheinend hat ihn die Beziehung mit ihr verändert. Zum Guten, wie ich finde.

Die Oberkellner huschen elegant an den Menschentrauben

vorbei, die sich angeregt unterhalten. Ich schüttle hier und da ein paar Hände, versuche aber schleunigst, zum Tisch zu kommen. Der Saal ist klein gehalten, wirkt intim und gemütlich, was meine Laune sofort bessert. Der ganze Raum erinnert an ein altes Varietétheater mit dicken roten Vorhängen, Spiegeln an den Wänden und prunkvoller Deckenmalerei. Auf der Bühne sorgt eine Band für musikalische Untermalung, der Beamer projiziert das Logo und den Namen der Veranstaltung an die Wand.

»Daddy!«, höre ich Ava rufen und wende meinen Blick von der wunderschönen Decke ab. Sie winkt mir von Weitem aus zu und strahlt mit Betty um die Wette. Dass Vater seine Freundin so lange vor uns verheimlicht hat, hat mich nachdenklich gemacht. Wir haben ihn nach Moms Tod ausgegrenzt, sodass er jahrelang seine Liebe verleugnen musste. Ich mag Betty. Sie ist ein Jahr nach Moms Tod in die Agentur gekommen und hat die Herzen der Mitarbeiter im Sturm erobert und auch das unseres Vaters.

Ich begrüße alle am Tisch und drücke meine Tochter kurz an mich, ehe ich auf dem Stuhl neben ihr Platz nehme. Sean und seine Begleitung scheinen noch nicht da zu sein, also lasse ich mir Wasser einschenken und lausche der klassischen Musik. Sie lässt mein wild klopfendes Herz etwas langsamer schlagen. Allein der Gedanke, Emma womöglich heute wiederzusehen, lässt meinen Puls rasen und die Nervosität ansteigen. Ich habe unendlich viele Fragen an sie. Wieso sie mich ohne ein Wort aus heiterem Himmel verließ. Weshalb sie gekündigt und nicht auf meine Anrufe reagiert hat. Ich muss es wissen, vielleicht kann ich danach mit der Sache abschließen.

Dann sehe ich sie. Sie steht an der zweiflügeligen Eingangstür neben der Bühne und sieht sich nervös um. Emma trägt ein bodenlanges, dunkelgrünes Seidenkleid. Eng anliegend und bezaubernd. Ihr langes Haar fällt ihr offen über die nackten Schultern. Was mir jedoch sofort auffällt, ist, dass sie stark abgenommen hat. Warum hat sie so viel Gewicht verloren? Geht es ihr gut? Ich finde es schade, sie schlanker zu sehen, da ich ihre Kurven immer schön fand. Sie lächelt einem Kellner freundlich zu, der ihr ein Glas Champagner anbietet, und mein Herz bleibt stehen. Ihr Lachen zu sehen, die kleinen Fältchen um ihre Augen und das Funkeln darin, wenn sie sich freut, machen mir eines klar. Ich liebe diese Frau noch immer. Auch wenn sie nie mehr etwas mit mir zu tun haben möchte und ich sie nach heute Abend nie wiedersehen werde, weiß ich doch, dass mein Herz ewig ihr gehören wird. Der Frau, die mich liebevoll Arsch genannt hat.

Die Euphorie, sie nach dieser langen Zeit wiederzusehen, lässt mich schnell aufstehen. Ich knöpfe mir eilig das Jackett zu, entschuldige mich am Tisch und gehe langsam auf sie zu. Doch weit komme ich nicht, denn ich bleibe abrupt stehen, als mein Bruder mit einem Lächeln auf den Lippen hinter ihr erscheint und ihr seltsam vertraut über den Rücken zu streichen scheint. Hat er mich diese Woche nicht noch ermutigt, nach vorne zu blicken? Warum? Um sich Emma wieder zu nähern? Das will ich nicht glauben.

Ich habe das Gefühl, den Boden unter den Füßen zu verlieren. Auf diese Weise kann ich ihr auf keinen Fall gegenübertreten. Enttäuscht lasse ich die Schultern hängen, drehe ihnen den Rücken zu und gehe. Am anderen Ende des Saals befindet sich ein Balkon. Die frische Luft tut gut und ich genieße einen Moment die Ruhe und Einsamkeit. Nachdenklich sehe ich auf die Lichter New York Citys, beobachte die Bremslichter der Autos auf den Straßen. Wieso Sean Emma als Begleitung mitbringt, verstehe ich nicht. Er weiß, wie sehr sie mir fehlt, und da nutzt er die Situation aus und krallt sie sich erneut. Die Art, wie er die Hand auf Emmas Rücken gelegt hat, lässt mich rasen vor Eifersucht.

»Liam?«, höre ich Vaters Stimme hinter mir, drehe mich aber nicht um, sondern umfasse fest das Balkongeländer, bis meine Handknöchel weiß hervortreten.

»Was?«, knurre ich und versuche vergeblich, die Eifersucht zu zügeln.

»Die Verleihung hat gerade begonnen. Ihr werdet bald aufgerufen.«

Ist mir egal!, will ich rufen, doch ich atme tief durch und besinne mich eines Besseren. Ich bin Chef einer der erfolgreichsten Marketingagenturen New Yorks. Gefühle sind hier fehl am Platz.

Emma sitzt neben Sean an der Bar im hinteren Teil des Saals, als ich Vater folge und den Balkon verlasse. Nicht mal zu uns gesellen wollen sie sich. Mit jeder Minute, die verstreicht, werde ich wütender. *Kann sie nicht einmal Hallo sagen? Weshalb versteckt sie sich mit Sean da hinten?*

In meinem Kopf schwirren viele Fragen, auf die nur Emma eine Antwort geben kann. Nur vage bekomme ich mit, wie mein Name aufgerufen wird, gleich nach Emmas. Ich setze ein falsches Lächeln auf und erhebe mich. Ich lasse Emma, die sehr nervös wirkt, an mir vorbeigehen, sodass ich hinter ihr gehe, und wir betreten die Bühne.

Zwei Moderatoren überreichen uns nach einer umfangreichen Lobrede die Trophäe, die die Form einer gläsernen Weltkugel hat, schütteln uns mit wenigen Worten, die sie an uns direkt richten, die Hände und gratulieren. Ich hatte damit gerechnet, dass wir zum Publikum etwas sagen müssen, aber zum Glück bleibt uns das erspart. Sie weisen Emma und mich an, uns nebeneinanderzustellen und für Fotos zu posieren.

Ihr herrlich duftendes Rosen-Parfüm, gepaart mit ihrem Duft, trifft mich unvermittelt. Ich sehe kurz zu ihr und bemerke, dass sie am ganzen Körper zittert. Der Blitz der Kamera blendet mich einen Moment, dann werden wir von einer Mitarbeiterin hinter die Bühne geführt.

Nachdem sie uns beide alleine gelassen hat, spüre ich diese Anspannung zwischen uns, die mir den Verstand raubt. Zu viele Gefühle brechen über mich herein. Eifersucht, Freude, Wut, Sehnsucht. Emma dreht sich zu mir und fixiert mich mit einem Blick, den ich nicht zu deuten vermag. »Liam. Wie geht's dir?« Ihr Zittern lässt nicht nach. Die Art, wie sie meinen Namen sagt, verwirrt mich. Es klingt liebevoll. Wie es mir geht, fragt sie. Darauf habe ich keine Antwort, denn ich fühle mich von ihr verzaubert und doch rase ich vor Eifersucht, bin enttäuscht, dass sie Sean erneut mir vorzieht.

Gerade, als ich darauf antworten möchte, sehe ich, wie Sean auf uns zukommt und funkele sie wütend an. »Ich fühle gar nichts.« Meine Stimme ist monoton. »Nicht mehr, seit du mich einfach verlassen hast! Nach dieser schrecklichen Zeit wollte ich mit dir reden und erfahren, ob es nicht doch noch eine Zukunft für uns gibt. Aber dich an seiner Seite wiederzusehen, hat mich ernüchtert. Also wünsche ich dir alles Gute und hoffe, du findest in meinem Bruder dein Glück.« Ich mag gefasst wirken, doch im Inneren schreie ich.

Sie sieht mich mit diesen braunen Kulleraugen an, Tränen sammeln sich darin und perlen über ihr Gesicht. Es zerreißt mir das Herz, dass ich sie zum Weinen bringe, das wollte ich nie. Doch ich bin es leid, immer nur neben Sean die Nummer zwei zu sein.

Emma blinzelt kurz, dann dreht sie sich wortlos um und läuft davon, an meinem Bruder vorbei, der mich entsetzt anblickt, als er mich erreicht. »Sag mal, Liam, hast du sie noch alle?«

»Das sagt ja gerade der Richtige! Du kommst doch mit der Frau, die mir mehr als alles auf der Welt bedeutet, hierher, machst einen auf Traumpaar und hältst es nicht mal für angebracht, mit ihr bei uns am Tisch zu sitzen.«

157

Sean legt die Hände auf meine Schultern und sieht mich eindringlich an. »Du blöder Hornochse! Sie ist nur hier, weil ich sie überreden konnte, mit dir zu reden, damit ihr euch versöhnt. Diane hat ihr damals eingeredet, dass ihr beide wieder zusammen wärt, gleich, nachdem ihr aus Aspen zurückgekommen seid. Sie dachte, du hättest sie nur benutzt und hat deshalb gekündigt. Ich habe es richtiggestellt und sie wollte dich heute zurückgewinnen, war aber derart nervös, dir zu begegnen, dass sie nicht neben dir am Tisch sitzen konnte. Sie liebt dich doch, Liam.« Fassungslos lausche ich den Worten meines Bruders. Mein Herz verkrampft sich schmerzlich. »So, du Vollidiot. Du wirst ihr jetzt nachlaufen und das Missverständnis aus dem Weg räumen. Denn wenn sie diesmal geht, geht sie für immer!«

Seans Worte beflügeln mich. Jetzt muss ich sie nur noch einholen und um Verzeihung bitten. Bei ihrem Dickkopf wird das nicht leicht werden.

KAPITEL 27

Emma

Liams Worte hallen in meinem Kopf nach. Ich renne durch den vollen Saal, remple zahlreiche Menschen an, will um jeden Preis hier raus. Keiner soll die Tränen sehen, niemand soll erkennen, dass ich kurz davor bin, in tausend Splitter zu zerbrechen.

Draußen atme ich die kühle Abendluft ein und versuche, mein wild pochendes Herz zu beruhigen, doch es will mir einfach nicht gelingen. Nicht nachdem Liam mich vor den Kopf gestoßen hat. Er hat seine Wut an mir ausgelassen, ohne mir die Chance zu geben, alles richtigzustellen. Dieser Zorn in seinen Augen hat mir Angst gemacht.

Ich habe es versucht, wollte mich mit ihm versöhnen, doch es hat nichts gebracht. Liam hat mich abblitzen lassen, bevor ich überhaupt mit ihm habe sprechen können, weil er dachte, ich wäre wieder mit Sean zusammen. Wie kommt er auf diese absurde Idee?

Die Tränen ruinieren mein Make-up, aber das ist mir egal. Ich habe nicht vor, noch einmal in den Saal zu gehen. Sogar meinen Award habe ich vergessen. Was soll ich auch jetzt noch mit einer Trophäe, die mich auf ewig an den einzigen Mann erinnern würde, den ich mehr geliebt habe als alles andere?

Mit einer Handbewegung wische ich mir die Tränen aus dem Gesicht, nehme den Saum des Kleides in die Hand und laufe zu meinem Auto. Wie gut, dass ich darauf bestanden habe, mich mit Sean vor dem Hotel zu treffen, sonst müsste ich jetzt laufen

oder die Bahn bis nach Hause nehmen. Ich will diesen schrecklichen Abend vergessen und versuchen, mein Leben auch ohne
Liam zu leben. Was bleibt mir schon anderes übrig?

Mit einem lauten Knall schließe ich die Autotür und atme tief
durch. Die Enttäuschung sitzt tief und lässt mein Herz bluten.
Ich habe mir von Sean tatsächlich Hoffnungen machen lassen,
dass alles wieder gut werden würde. Mit einem Kopfschütteln
stecke ich den Schlüssel ins Zündschloss und parke aus. Unge-
duldig schlängle ich durch die vielen Parkreihen, bis ich endlich
von diesem Parkplatz entkommen kann.

Plötzlich bemerke ich hinter mir aufblendende Lichter und
kurz darauf fährt mir der Fahrer nicht nur dicht auf, sondern
gibt auch noch Gas und knallt mir ins Auto. Voller Panik entfährt mir ein Schrei, obwohl ich den Aufprall kaum spüre und
sich mein Auto weder dreht noch andersartig verhält. Bei meiner schlechten Laune kann der Vollidiot sich auf etwas gefasst
machen! Ich schnalle mich ab, reiße die Tür auf und begutach-
te den Schaden. Dann öffnet sich die Tür des SUVs, der mir
seltsam bekannt vorkommt. Kein Geringerer als Liam Coleman steigt aus dem Wagen und hebt abwehrend die Hände,
als er meinen Blick sieht, der ihn sofort töten würde, wenn er
könnte.

»Sag mal, hast du sie noch alle, du Arsch?«, blaffe ich ihn an
und erlebe ein Déjà-vu. Damals bei unserer ersten Begegnung
waren das die ersten Worte, die ich ihm an den Kopf geworfen
habe. Auch Liam scheint daran zu denken, denn seine Mundwinkel ziehen sich nach oben. Es ist lange her, dass ich ihn lächeln gesehen habe, und es verzaubert mich sofort, ohne dass
ich es zulassen möchte. Schnell jedoch drängen sich seine Worte
in meinen Kopf, lassen mich wieder alles klar sehen. Es gibt kein
uns mehr, keinen Weg dorthin.

»Was willst du, Liam? Wieso bist du mir absichtlich ins Auto gefahren?«, frage ich gefasst wie möglich, denn am liebsten würde ich ihm an die Gurgel springen.

»Weil ich weiß, dass du nicht stehen geblieben wärst und mich angehört hättest, wenn ich nur nach dir gerufen hätte.«

»Da hast du verdammt noch mal recht! Warum sollte ich dir überhaupt zuhören?«

Er kommt langsam auf mich zu, aber ich weiche instinktiv zurück. Seine Nähe würde mich garantiert umbringen. Selbst wenn ich stinksauer auf ihn bin, sind meine Gefühle für ihn stärker denn je. Ich halte das nicht aus. »Emma, hör mir bitte zu. Ich weiß, ich hätte dich nicht anschnauzen sollen, das tut mir leid. Als ich dich mit Sean gesehen habe, dachte ich einfach, dass du kein Interesse mehr an mir hast, dass du dich deshalb die ganze Zeit nicht gemeldet hast. Es brach mir das Herz. Ich … es tut mir leid, bitte.« Mit jedem Wort kommt er mir näher. Ich weiche zurück, weiß nicht, ob ich ihm glauben kann. Da spüre ich mein kaputtes Auto im Rücken und lehne mich daran. Liam tritt einen weiteren Schritt an mich heran und steht so dicht vor mir, dass ich seinen Atem auf der Haut spüren kann. Meine Atmung beschleunigt sich und das Verlangen nach diesem Mann steigt ins Unermessliche.

»Du klangst sehr ehrlich vorhin«, sage ich mit gebrochener Stimme.

»Ich weiß und dafür möchte ich mich bei dir entschuldigen. Emma, du bist alles, was ich will. Seit ich dich das erste Mal gesehen habe, möchte ich mit dir zusammen sein. Ich kann dich für eine Minute ansehen und tausend Dinge finden, die ich an dir liebe. Bitte gib uns nicht auf.« Zärtlich nimmt er mein Gesicht in beide Hände, streichelt sanft meine Wangen und sieht mich mit solch einer Wärme an, dass mir die Knie weich werden. Mein Herz schmilzt dahin und ich mit ihm, bin Kerzenwachs in Liams Nähe. Er zieht mich in seine Arme und drückt mich fest an sich. Mein Körper verzehrt sich nach diesem Mann. Für einen kurzen Moment schließe ich die Augen, um seinen Duft einzuatmen und durch seine Berührung alles zu vergessen. All den Trennungsschmerz, die Missverständnisse und das Leid. Ich kann fühlen, wie mein gebrochenes Herz zu heilen beginnt, still und leise. »Emma … ich weiß, du wirst mir nicht einfach verzeihen können, dass ich dir viel Kummer bereitet habe, aber …«

»Sei still«, unterbreche ich ihn, und er sagt tatsächlich kein Wort mehr. Verunsichert sieht er mich an, schluckt schwer, als ich den Finger an seinen Mund lege. »Sei einfach still und küss mich, du sexy Arsch!«

Liam lächelt, beugt sich zu mir hinunter und legt die samtweichen Lippen auf meine. Er küsst mich leidenschaftlich, drückt mich fest an sich. Ich löse mich von ihm, streiche ihm mit der Hand über die stoppelige Wange. »Ich liebe dich, Liam Coleman«, hauche ich und sehe, wie er mich überglücklich anstrahlt. Er schlingt die Arme um mich und drückt mich fest an seine Brust. In seinen Armen fühle ich mich vollkommen und wunschlos glücklich. Ich habe, nach vielen peinlichen Missgeschicken und Fettnäpfchen, endlich die wahre Liebe gefunden – in meinem Freund, meinem Seelenverwandten, meinem Boss.

Danksagung

Es gibt viele Menschen, bei denen ich mich bedanken möchte, denn ohne diese wäre »Pick the Boss« nicht das, was es ist.

Sarah: Du bist meine schärfste Kritikerin und beste Freundin. Ohne dich hätte ich nie meinen Traum verwirklichen können.

Karin: Danke für deine Hilfe und deine Freundschaft.

Dora, Jenny, Betty: Ihr habt »Pick the Boss« auf Wattpad vorab gelesen und mich mit euren lieben Kommentaren sehr aufgebaut.

Stephie, Kete, Christl, Valentine, Anne-Kathrin und Susi: Ich danke euch von Herzen für eure Unterstützung. Ich bin so froh, euch kennengelernt zu haben.

Schließlich gilt mein Dank meiner Familie, meinem Mann und meinen Kindern, die mich auf so viele Arten zum Schreiben inspirieren.

April Dawson, Februar 2016

Die Community für alle, die Bücher lieben

Das Gefühl, wenn man ein Buch in einer einzigen Nacht verschlingt – teile es mit der Community

In der Lesejury kannst du

★ Bücher lesen und rezensieren, die noch nicht erschienen sind

★ Gemeinsam mit anderen buchbegeisterten Menschen in Leserunden diskutieren

★ Autoren persönlich kennenlernen

★ An exklusiven Gewinnspielen und Aktionen teilnehmen

★ Bonuspunkte sammeln und diese gegen tolle Prämien eintauschen

Jetzt kostenlos registrieren: www.lesejury.de
Folge uns auf Facebook:
www.facebook.com/lesejury